Verschlüsselt

Geheimnisse einer Stadt

Bianca Eckenstaler

»Alle Dinge unter dem Himmel
haben ihr Sichtbares und Unsichtbares.
Das Sichtbare ist das Aussehen,
das Äußerliche, das Yang.
Das Unsichtbare ist
das innere Bild, das Yin.
Ein Yin, ein Yang:
Das ist das Tao.«

- Pu Yen-t'u
(18. Jh., chinesischer Kunsthistoriker)

© 2020 Bianca Eckenstaler

Projektkoordination: Bastian Steinbacher

Lektorat: Elisa Garrett

Umschlag & Satz: chaela · chaela.de

Illustration auf Umschlag: Sandra Berger · sandra-berger-art.de

Fotos: Mouayad Alsabbagh

Verlag: tredition GmbH, Halenreie 40–44, 22359 Hamburg
1. Auflage (Juli 2020)

978-3-347-11063-2 (Paperback)

978-3-347-11065-6 (e-Book)

VERSCHLÜSSELT
GEHEIMNISSE EINER STADT

BIANCA ECKENSTALER

VORWORT

Ich habe die Corona-Pandemie genutzt, um endlich meinen Wunsch zu erfüllen, dieses Buch zu schreiben. Da mir nun die Gelegenheit gegeben wurde, nutzte ich diese aktiv. Mein Gefühl sagte mir, dass sie jetzt gekommen war. Hinter jeder Krise verbirgt sich eine Chance.

Vielen Dank an meine Familie, die mich unterstützt und inspiriert hat, an meine Kollegen, mit denen ich meine Gedanken teilen konnte und die mir Mut machten, die Geschichte zu schreiben.

Ich wünsche viel Spaß beim Lesen.

Die Personen und Handlungen sind frei erfunden, potenzielle Ähnlichkeiten mit lebenden oder bereits verstorbenen Personen wären rein zufällig. Genannte Gebäude und Sehenswürdigkeiten sind real.

27.12. Drei Tage nach Heiligabend.

Sie leerte den Briefkasten und fand einen Brief, der ihre Welt mit einem Ruck zerstören sollte. Er war von ihrem langjährigen Partner, ihrer ersten großen Liebe, den sie seit einigen Monaten nicht mehr gesehen hatte. Seit Beginn seiner Marineausbildung bestand kaum noch Kontakt und sie hoffte, er würde sie am ersten Weihnachtsfeiertag besuchen. Aber er kam nicht und sie traute sich auch nicht, nachzufragen. Das Verhältnis zwischen ihr und seinen Eltern war ohnehin nicht gut, sodass sie beschloss zu warten; auf den Brief, der nun im Briefkasten lag:

Meine Liebe!

Ich kann so nicht weitermachen. Wir sehen uns kaum noch, ich bin viel unterwegs.
Es tut mir weh, dich weinen zu sehen, wenn wir uns verabschieden. Deswegen beende ich hiermit unsere Beziehung und wünsche dir ein schönes Leben.

Gruß
Tom

Der Schock saß tief. Ihr liefen die Tränen über die Wangen und sie fragte sich, wie er ihr das nur antun konnte. Sie machte sich Vorwürfe, suchte die Gründe bei sich. »Warum hat er nicht nochmal mit mir gesprochen? Es war nur eine Frage der Zeit, dass es kommen musste!« Instinktiv spürte sie beim letzten Mal bereits, dass sich etwas verändert hat.

Auf diese Weise wollte sie es auf keinen Fall beendet wissen. Sie nahm allen Mut zusammen und ging rüber zu seiner Wohnung, hoffte, ihn noch ein letztes Mal sprechen und ein letztes Mal umarmen zu können. Sie klingelte.

Sein Vater kam ans Sprachrohr.

»Ist Tom da?«, fragte sie.

Er brummte: »Nein. Er ist heute Morgen gefahren und kommt dieses Jahr auch nicht zurück.« Sie sah sich um, wusste nicht, was sie machen sollte. Sie wollte jetzt nicht nach Hause. Ihre Eltern hatten kein Verständnis für ihren Schmerz. Sie lief zum Haus ihrer Freundin Susi, doch sie war nicht zu Hause. Auch Anna war nicht da. Voller Schmerz und Wut lief sie durch die Stadt und weinte, Passanten schauten sie voller Mitleid an.

Es wurde bereits dunkel, doch nach Hause wollte sie immer noch nicht. Also ging sie dorthin, wo sie und Tom immer gewesen waren. Es war ein abgeschiedener Platz im Park, wo sie sich gern aufhielten und über verschiedene Dinge sprachen. Sie saß auf der Bank und schloss die Augen. Der Park war nur dürftig beleuchtet. Sie dachte an ihre Gespräche. Er wollte mit ihr zwei Kinder, ein Haus und an der See wohnen. Wieder kamen ihr die Tränen. Das Herz tat ihr weh. Das Atmen fiel ihr schwer. Sie kann nicht sagen, wie lange sie mit geschlossenen Augen auf der Bank saß. Sie vergaß völlig die Zeit. Am liebsten wäre sie dort sitzengeblieben und hätte alles um sich vergessen. Doch sie musste nach Hause. Es gab immer Ärger, wenn sie zu spät zu Hause war. Schweren Schrittes begab sie sich auf den Heimweg.

Bella war 20 Jahre alt. Sie und Tom wurden ein Paar, als sie 16 war. Sie war unscheinbar, wenig auffällig. Für die Schule tat sie sehr viel. Daher wurde sie auch oft Streberin genannt und war eher ungern gesehen. Doch wenn ihre Mitschüler Hilfe brauchten, unterstützte Bella sie. Bella war nicht nachtragend und bald erkannten auch die anderen, dass sie umgänglich war.

Kurz bevor sie den Park verließ, hörte sie ein leises Rascheln in einem Gebüsch. Sie blieb stehen. Da war es wieder – in der Dunkelheit konnte sie jedoch nichts erkennen. Eine Taschenlampe hatte sie nicht dabei, um zu leuchten. Langsam bewegte sie sich auf die raschelnde Stelle zu. Es wurde still. Sie hockte sich hin, um zwischen das Gebüsch schauen zu können. Sie sah etwas schimmern. »Was ist das?«, fragte sie sich und beugte sich nach vorne. Es sah aus wie ein leuchtender Schlüssel mit einer besonderen Verzierung. Sie schaute genauer hin: Es war tatsächlich ein Schlüssel. Sie streckte ihren Arm aus, doch kam nicht wirklich ran, das Gebüsch war zu dicht. In ihrer Nähe lag ein Stock, den sie nutzen wollte, um an den Schlüssel zu kommen. Das Rascheln war gänzlich verschwunden. Von einem Menschen oder Tier war nichts zu sehen. Sie streckte ihren Arm mit dem Stock aus und gelangte so an den Schlüssel. Sie schob die Spitze des Stocks durch die Öse und zog ihn mit dem Stock heraus. Als sie den Schlüssel berührte, hörte er auf zu leuchten. Sie steckte ihn ein und machte sich auf den Heimweg. Sie ging schnellen Schrittes, denn sie hatte nach Hause noch gut zu laufen und die Zeit wurde langsam knapp. Auf die letzte Minute schaffte sie es. Es war Punkt 18 Uhr. Zeit fürs Abendessen.

Als sie mit dem Abendessen und dem Abwasch fertig war, ging sie in ihr Zimmer. Ihre Gedanken kreisten nur um den Schlüssel und ließen sie ihren Schmerz kurz vergessen. »Du bist kein gewöhnlicher Schlüssel. Das spüre ich«, sagte sie und drehte ihn in ihrer Hand. Plötzlich hielt sie inne, sie erkannte eine Gravur auf dem Schlüsselhals, bestehend aus Zahlen und Buchstaben. Sie hielt ihn unter das Licht, da die Gravur kaum erkennbar war:

W1166-D08-D20

Sie las die Gravur mehrmals, aber konnte nichts damit anfangen. Vielleicht waren es Koordinaten. Doch wofür sollten sie stehen? Bedeuteten die Buchstaben Städte, Länder oder Himmelsrichtungen? Und die Zahlen? Sind es logische Zahlenfolgen aus der höheren Mathematik? Sie legte sich auf ihr Bett und dachte nach. Kurz darauf schlief sie ein.

Es war ein trauriger Tag für sie. Sie träumte von Tom, wie sie ihn umarmte und dankbar war, dass er sie nicht verlassen hatte. Doch auf einmal löste er sich und lief fort. Er drehte sich einfach weg und ging, ohne ein Wort zu sagen. Sie stand allein da. Sie weinte wieder.

Von den Tränen, die ihr über die Wangen liefen, und dem Schluchzen wurde sie wach. Jetzt kam alles wieder hoch. Sie rollte sich in ihrem Bett zusammen, weinte und schlief wieder ein.

28.12. 9:00 Uhr.
Frühstück.

Obwohl es verlockend riechende aufgebackene Brötchen gab, wollte sie nicht aufstehen. Draußen war es schön, die Sonne schien ein wenig und machte die Umgebung zu einem klaren Wintertag. Sie wollte liegenbleiben, nichts hören und nichts sehen, nur allein sein. Sie verstand immer noch nicht, warum er ihr nicht die Möglichkeit gegeben hatte, sich wenigstens von ihm zu verabschieden und ihm für sein Leben alles Gute zu wünschen. Aus der Küche rief ihre Mutter: »Frühstück! Aufstehen!« Damit sie keinen Ärger bekam, stand sie auf, zog sich an und ging zum Frühstück.

»Was ziehst du denn für ein Gesicht?«, fragte ihr Vater. Sie schaute ihn an und dachte, dass er es sowieso nicht verstehen würde. Ihren Eltern fiel es schwer,

Gefühle und Verständnis zu zeigen, geschweige denn aufzubringen. Sie wurden so erzogen, dass Gefühle nur etwas für Schwache seien. Sie aß ihr Frühstück und dachte die ganze Zeit an Tom und den Schlüssel, der noch unter ihrem Kopfkissen lag. Sie hatte sich vorgenommen, erneut an den Ort zurückzukehren, an dem sie den Schlüssel gefunden hatte; vielleicht würde sie einen weiteren Gegenstand finden, zu dem der Schlüssel gehörte oder einen Hinweis, der ihr half, dessen Bedeutung zu ergründen.

Ihre Eltern und ihre Schwester wollte sie nicht fragen. Im Moment wollte sie nur allein sein und ihre Ruhe haben. Nachdem sie die Arbeit im Haushalt erledigt hatte, ging sie mit dem Hund Tapsie in den Park und suchte die Stelle, an dem sie den Schlüssel gefunden hatte, der sich in ihrer rechten Jackentasche befand. Sie hielt ihn fest. Als sie sich der Fundstelle näherte, wurde der Schlüssel wärmer und begann zu glühen; für sie war es ein Zeichen, dass noch etwas dort sein musste, also kniete sie sich vor das Gebüsch und schob mit ihren Handschuhen die verwelkten Blätter beiseite. Tapsie war neugierig und lief zu der Stelle; zum Vorschein kam ein Kästchen. Sie nahm es und schüttelte den Gegenstand leicht. Aus ihm erklang ein Geräusch wie von gefaltetem Papier, welches sich hin und her bewegte. Doch das Kästchen hatte kein Loch, in das der Schlüssel gesteckt werden konnte. Es hatte ein vierstelliges Zahlenschloss – noch ein Rätsel. Sie schaute das Kästchen genauer an und fand eine Inschrift:

In diesem Jahr wurde der Name deiner Stadt
das erste Mal urkundlich erwähnt.
Es sind 4 Ziffern, aber nur zwei Zahlen.

Kann damit wirklich »Delitzsch« gemeint sein? Sie wusste nicht, wann diese das erste Mal urkundlich erwähnt wurde. Sie beschloss, dieser Fragestellung nachzugehen und wurde von Heiterkeit gepackt. Sie würde in die Bibliothek gehen, die glücklicherweise geöffnet war. Den Bibliotheksausweis hatte sie auch dabei, und bevor sie sich auf den Weg machte, sah sie nochmal im Gebüsch nach, ob noch etwas anderes dort lag. Es schien alles gewesen zu sein, sodass sie zur Bibliothek aufbrach.

Es war gegen 11:30 Uhr, als ihr einfiel, dass es in 30 Minuten Mittag geben würde; sie musste pünktlich zurück sein, sonst würde es eine Strafe geben. Also rannte sie in die Bibliothek und wollte sich das Buch über ihre Stadt ausleihen. Sie rannte den ganzen Weg durch, Tapsie hielt ihr Tempo. Es glich einem Ausdauerlauf im Sport, sie brauchte zehn Minuten. Total abgehetzt betrat sie die Bibliothek, Tapsie band sie außerhalb am Gebäude an.

»Oh, hallo Bella. Mach' langsam. Wir haben noch bis 16 Uhr geöffnet!«, sprach die Mitarbeiterin sie freundlich an.

»Hallo Frau Müller. Ich suche ein Buch über die Geschichte von Delitzsch. Ich muss einen Vortrag für Geschichte vorbereiten. Können Sie mir helfen?« Sie log, da sie glaubte, ihr würde ihre Version ohnehin niemand glauben.

Frau Müller lächelte und antwortete: »Fleißig wie immer, Bella. Komm, ich zeige dir verschiedene Bücher!«

Sie sah auf die Uhr, ihr blieb nicht viel Zeit. »Okay. Ja, zeigen Sie mir, wo die Bücher stehen.« Sie folgte ihr. Es waren drei Bücher, die sie am Ende mitnahm. Erst in vier Wochen musste sie sie zurückbringen; genug Zeit also, um das Rätsel zu lösen. Ihr Blick auf die Uhr verriet, dass sie nur noch zehn Minuten hatte, um pünktlich zu Hause zu sein. Das schaffte sie nicht. Sie beeilte sich dennoch. Als sie ankam, war es 5 Minuten nach 12.

Vater stand auf und sah sie grimmig an.

Sie zeigte die Bücher und sagte, dass sie in der Bibliothek gewesen sei und dabei die Zeit vergessen hatte. Außerdem wollte Tapsie nicht so schnell laufen. Trotzdem bekam sie nichts zu essen, was ihr recht sein sollte; sie hatte sowieso keinen Hunger.

Nachdem sie ihre Jacke ausgezogen hatte, ging sie in ihr Zimmer und stellte das Kästchen auf ihren Schreibtisch, den Schlüssel legte sie daneben. Da ihre Eltern selten in ihr Zimmer kamen, hatte sie keine Angst, dass sie es mitbekamen. Sie las sich erneut den Text auf dem Kästchen durch und schrieb sich die Kombination vom Schlüsselhals ab. Dann legte sie beides unter ihr Kopfkissen und blätterte in den Büchern. Es war interessant, was sie über Delitzsch erfuhr. Sie stieß auf eine Tabelle mit Namen, welche Delitzsch bereits trug. Der erste Stadtname lautete Dieliz und wurde 1207 erwähnt. Sie war ganz aufgeregt. Bella nahm sich das Kästchen und gab die Zahlen eine nach der anderen ein. Doch als sie zum Schluss die Zahl 7 gestellt hatte, regte sich nichts. Sie versuchte es ein weiteres Mal, doch das Kästchen blieb verschlossen. Sie blätterte wiederholt in dem Buch. Doch sie fand keinen anderen Hinweis. Also nahm sie sich das nächste Buch vor. Es war etwas anders aufgebaut. Viele Zahlen sprangen ihr entgegen. Sie las den Text des Kästchens erneut. Erst jetzt fiel ihr der Hinweis auf, dass es zwar vier Ziffern sind, aber nur zwei Zahlen. Also müssten die Zahlen doppelt vorkommen. Sie schaute, ob sie eine solche Zahl finden konnte. Ja, da war sie, 1166. Erst jetzt fiel ihr auf, dass diese Zahl auf dem Schlüssel graviert war. Sie fasste sich an den Kopf und musste grinsen.

Sie gab die Zahl vorsichtig ein und der Deckel des Kästchens öffnete sich leicht. Sie hatte es geschafft, das erste Rätsel war gelöst! Sie hob den Deckel an und entnahm den gefalteten Zettel. Auf diesem stand:

Geh' an den Ort, der Hoffnung gibt.
Es ist ein Ort der Harmonie und Vollkommenheit.
Es ist der Ort des Alpha und des Omega.

Ein weiterer Hinweis, doch ... wo sollte dieser Ort sein? Was bedeutete Alpha und Omega? Sie war überfragt, ihr Kopf pochte. Sie wollte sich ausruhen, legte sich aufs Bett und schloss die Augen. Vor ihr erschien Tom, wieder spürte sie den Stich in ihrem Herzen. Sie hatte es Susi und Anna noch nicht erzählt, doch jetzt mochte sie auch nicht mit ihnen reden. Ihr Bauch knurrte. Sie ignorierte das Knurren und schlief ein.

Nachdem sie wiedererwachte, kam ihr eine Idee: Vielleicht war eine der Kirchen gemeint, die es in Delitzsch gab? Kirchen gaben den Menschen in schweren Zeiten Hoffnung und Ruhe. Sie sahen in Jesus die Vollkommenheit. Doch welche war es? Sie musste unbedingt die Bedeutung von Alpha und Omega herausbekommen. Deswegen ging sie erneut in die Bibliothek. Sie nahm zwei der drei geliehenen Bücher mit, um sie zurückzugeben. »Frau Müller, können Sie mir sagen, was Alpha und Omega bedeuten?«, fragte Bella.

Frau Müller verzog die Stirn. Sie dachte nach. »Alpha und Omega sind Zeichen aus dem griechischen

Alphabet«, meinte sie, »… außerdem steht Alpha für den Anfang und Omega für das Ende.« Sie zog ein Tafelwerk aus dem Regal, zeigte Bella die Zeichen für Alpha und für Omega und schrieb die Zeichen ab.

»Danke, Frau Müller.« Bella traute sich nicht, sie zu fragen, was dieses Rätsel bedeuteten könnte, denn sie hatte Angst, dass Frau Müller wissen wollte, woher sie es hatte. Sie verabschiedete sich und ging in den Park. Sie setzte sich auf die besagte Bank und schloss die Augen. Sie holte sich den Moment zurück, als Tom sie das erste Mal richtig küsste. Sie trafen sich im Kellerflur, denn Tom wohnte im Nebeneingang. Das war praktisch; sie standen sich schüchtern gegen-über. Inzwischen waren es bestimmt vier Monate, die sie beide zusammen waren. Doch körperlich wurden sie noch lange nicht. Sie hatte Angst, etwas falsch zu machen und war deswegen sehr zögerlich. Ihm schien es genauso zu gehen. Bella begriff nie, warum sich ein so hübscher Junge mit ihr abgab. Umso glücklicher war sie. Ihr Herz wurde warm. Sie fühlte sich wie damals.

Für einen kurzen Moment spürte sie wieder Wärme in sich. Ein Geräusch riss sie aus ihren Gedanken. Sie war zurück im Hier und Jetzt. Traurigkeit erfüllte ihr Herz. Es wird sicher eine Weile dauern, bis dieser Schmerz vorbei ging und sie sich wieder auf einen Jungen ein-lassen würde. Doch darüber wollte sie nicht weiter

nachdenken. Sie nahm den Zettel mit dem Spruch und
überlegte.

Geh an den Ort, der Hoffnung gibt.
Es ist ein Ort der Harmonie und Vollkommenheit.
Es ist der Ort des Alpha und des Omega.

Bella dachte laut nach. »Ein Ort, der Hoffnung gibt.
Was könnte das sein?« Sie überlegte, dass sie das Kästchen mit einer historischen Zahl öffnen konnte. Also
könnte dieser Ort auch in der Geschichte etwas Be-
deutendes gewesen sein. »Ja, eine Kirche. Es kann eine
Kirche sein. Doch welche? Hier in Delitzsch hatten wir
drei. Doch war die Kirche wirklich ein Ort der Harmonie und Vollkommenheit? Steht sie für den Anfang
und das Ende?« Bella rieb sich das Gesicht. Es könnte auch ein Friedhof gemeint sein. Auf dem Friedhof
stand ebenfalls eine Kapelle, in der die Trauerfeiern gehalten wurden. Doch woher würde sie wissen, dass sie
an dem richtigen Ort war? Was sollte sie dort finden?
Sie wünschte sich, sie hätte jemanden, mit dem sie ihre
Gedanken austauschen konnte. Doch sie musste allein
überlegen.

Tom wusste viel. Er war ihre Inspiration. Er beschäftigte sich neben der Schule viel mit Fachliteratur
und verfügte über ein großes Allgemeinwissen. Sie
lernte viel von ihm. Doch er war nicht hier.

Sie fing erneut an zu weinen und dachte daran zurück, mit welcher Ausrede er sie zu sich gelockt hatte. Angeblich brauchte er Hilfe in Musik, in der Notenlehre. Sie musste lächeln. Es war eine schöne Erinnerung. Sie wischte sich die Tränen weg und stand auf. »Laufen hilft beim Nachdenken«, sagte sie sich. Sie lief in Richtung Tierpark. Von außen sah sie die Trampeltiere und beobachtete sie. Es gab ihr innere Ruhe und ein Stück Frieden. »Gut«, sagte sie. »Ich werde jeden Ort ablaufen, der in Frage kommt. Vielleicht habe ich Glück und es fällt mir spontan etwas ins Auge.«

Voller Entschlossenheit lief sie los. Es war Donnerstagnachmittag, in der Nähe des Tierparks lag die Kirche St. Peter und Paul. Sie hatte keinerlei Bezug zur Religion, bewunderte aber die kunstvollen Gotteshäuser. Es war beachtlich, was Menschen erschaffen konnten. Sie erreichte die Kirche, die geöffnet war. Am Eingang befand sich ein Spendenkästchen und sie konnte eine Kerze anzünden. Sie wollte eine für ihre Oma anbrennen. Sie fehlte ihr sehr. Oma Rosi erlitt einen Schlaganfall und wurde nun von ihrem Sohn, Bellas Onkel, gepflegt. Leider wohnte sie einige hundert Kilometer entfernt, sodass sie Oma Rosi nur selten besuchen konnte, was sie sehr schmerzte. Nachdem Bella die Kerze angezündet hatte, lief sie in die Kirche hinein. Es war leise in dem großen und überwältigenden Saal. Wenige Menschen saßen verteilt auf den Holzbänken und hielten Andacht. Bella war noch nie in dieser Kirche gewesen, es hieß, dass sie den Einwohnern von Delitzsch in schwierigen Zeiten Hoffnung gegeben hat. Die Menschen kratzten Staub von der Mauer der Kirche und aßen ihn, in der Hoffnung, dass Gott dann in ihnen war und sie beschützte.

Sie lief in Richtung Altar und schaute sich um. Sie konnte an den Wänden viele Figuren erkennen, doch keine trug ein Zeichen, das wie ein Alpha oder Omega aussah. Sie stand mit einigem Abstand vor dem Altar und sah zu Jesus, doch auch dort konnte sie nichts erkennen. Sie lief außen an der rechten Bankreihe entlang und schaute, ob an der Bank etwas zu finden war. Das Gleiche tat sie auf der linken Seite, es war nichts zu finden. »Mmh. Mir fehlt absolut der Anhaltspunkt.« Sie sah den Pfarrer und wollte ihn fragen, ob er hier in der Kirche schon mal ein Alpha- oder Omega-Zeichen gesehen hat. Sie ging zu ihm. »Hallo Pfarrer. Kann ich Sie etwas fragen?«

Er schaute zu ihr und antwortete: »Ja, gern. Was möchtest du wissen?«

Sie sah ihn an und fragte: »Haben Alpha und Omega eine Bedeutung in Bezug auf die Kirche oder den Glauben? Haben Sie solche Zeichen hier in der Kirche gesehen?«

Der Pfarrer schaute sie verwundert an. Mit solch einer Frage hatte er nicht gerechnet. »Mein liebes Kind, ich weiß, was Alpha und Omega bedeutet. Es ist die

Vollkommenheit des Ganzen. Die dafür stehenden Zeichen gibt es allerdings in dieser Kirche nicht. Es tut mir leid.«

Sie dankte und entschuldigte sich für die Störung.

Er drehte sich um und wollte schon gehen, als er noch einmal stehenblieb. »Warten Sie. Aller Anfang eines Lebens ist der Tod. Wenn jemand stirbt, wird die Seele freigegeben. Diese findet sich in einem Neugeborenen wieder. Ich würde es mit Alpha und Omega gleichsetzen.«

Sie dachte nach und fand, dass seine Erklärung ganz schlüssig klang. »Was meinen Sie, welcher Ort passt dafür besser? Das Krankenhaus oder der Friedhof?«

Er schaute sie irritiert an. »Mädchen, warum möchtest du das alles wissen?«

Sie überlegte, ob sie ihm von dem Schlüssel und dem Kästchen erzählen sollte, doch sie dachte sich etwas aus. »Ich habe in Ethik eine Hausaufgabe bekommen und soll ein wenig über die Bedeutung von Alpha und Omega herausfinden.« Sie hoffte, er würde ihr glauben.

»Nun gut«, sagte er und überlegte. »Ich denke, dass es der Friedhof ist. Zuerst steht das Leben, dann der Tod.«

Sie dankte ihm, ihr Herz hüpfte vor Freude, dass sie einen neuen Hinweis bekommen hatte. Wenn sie länger darüber nachdachte, kam ihr der Friedhof logisch vor. Es ist ein Ort der Harmonie und Vollkommenheit. Doch ob es ein Ort war, der Hoffnung gab, bezweifelte sie. Zumindest konnte sie es sich nicht vorstellen. Bislang war sie auf keiner Beerdigung gewesen. Sie machte sich auf den Weg zum Friedhof. Er lag auf der anderen Seite der Stadt. Sie wusste, dass es auf dem Platz auch eine Kapelle gab, wo sich die Familien und Freunde von ihren Lieben verabschieden konnten. Sie hoffte, dass sie dort etwas finden würde. Sie blickte auf die Uhr, es war bereits 16 Uhr. Der Friedhof schloss im Winter um diese Zeit, da es schnell dunkel wurde. Nun gut, sie würde morgen früh direkt hinfahren. Sie würde das Fahrrad nehmen, da es von ihrer Wohnung ein ganzes Stück entfernt war. Sie machte sich auf den Heimweg. Das Abendessen wollte sie nicht verpassen, denn sie hatte schon großen Hunger. Ihr fehlte das Mittagessen.

Sie lief auf dem Rückweg durch den Park und gab sich ihren Träumen hin. Sie dachte an die Zeit mit Tom. Er war ein Jahr jünger als sie und besuchte eine Klasse unter ihr. Beide gingen auf dieselbe Schule. Sie trafen sich immer in den Hofpausen und standen eng beieinander. Sie kuschelte sich gern an ihn ran. Er hatte einen muskulösen und gut gebauten Körper, er war groß und sportlich. Nach der Schule gingen sie beide gemeinsam nach Hause. Manchmal gingen sie noch zusammen mit dem Hund Gassi, danach trennten sich ihre Wege. Jeder ging zu sich und machte seine Schulaufgaben oder ging seinem Hobby nach. Am Abend trafen sie sich auf dem Balkon. Seine Familie war der direkte Nachbar von Bellas Familie, sodass die Balkons direkt nebeneinander lagen. Es war schön. Sie schauten zur untergehenden Sonne und hielten sich die Hände. Bella schluchzte. Es waren schöne Momente, Tom fehlte ihr. Es fehlte ihr, sich mit ihm zu unterhalten. Er war so erfrischend und klug. Traurigkeit machte sich wieder in ihr breit. Sie fror. Am liebsten wäre sie jetzt bei ihrer Oma Rosi. Sie hatte immer ein gutes Wort für Bella. Inzwischen war es schon dunkel. Sie bog in die Straße, in der sie wohnte.

Kaum war sie zur Tür rein, schellte ihre Mutter: »Wo warst du?«

Bella schaute sie erschrocken an. »Ich war in der Bibliothek und bin dann ein wenig durch Delitzsch gelaufen.«

Die Mutter brummelte etwas Unverständliches. »Das nächste Mal sagst du, wo du hingehst und haust nicht einfach ab.«

Bella nickte nur und verschwand anschließend in ihrem Zimmer. Anstatt dass die beiden mal fragten, wie es ihr geht, erhielt sie Schelte, weil sie sich nicht abmeldete. Sie nahm ihren CD-Player, schloss ihre Augen und hörte bis zum Abendessen Musik. Ihre Gedanken kreisten um das Rätsel, welches sie zu lösen versuchte. Morgen wusste sie hoffentlich mehr.

Bella hatte vor einem Jahr erfolgreich ihr Abitur abgeschlossen, doch sie wusste nicht so recht, was sie anschließend machen wollte. Studieren kam für sie nicht infrage, da sie den nötigen finanziellen Background nicht besaß. Folglich hatte sie sich für verschiedene Ausbildungen beworben und letztendlich fing sie in einem tollen Unternehmen an. Sie durchlief verschiedene Abteilungen, lernte eine Menge Mitarbeiter und die betrieblichen Abläufe kennen. Das praktische Denken fiel ihr schwer, sie sah sich eher als Theoretikerin. Manche Mitarbeiter hatten keine Geduld mit ihr oder behandelten sie wie ein Dummchen, was ihr jedoch nichts ausmachte.

Ihr Ausbilder sagte immer: »Lehrjahre sind keine Herrenjahre!« Nächstes Jahr standen die Zwischenprüfung an, wofür sie vier Wochen lernen würde.

Sie konnte nicht lange im Voraus lernen, weil sie einen gewissen Druck beim Lernen brauchte, das war auch beim Abitur so gewesen.

Bella wachte zeitiger auf als sonst. Da sie nicht mehr schlafen konnte, beschloss sie, heute das Frühstück zu machen, um die Eltern zu überraschen und schlich leise in die Küche.

Als ihr Vater aus dem Schlafzimmer kam, duftete es schon nach Kaffee und frischen Brötchen. Er sah sie an und lächelte. Dann kam er auf sie zu und nahm sie in den Arm – genau das brauchte sie.

Sie schmiegte sich an ihn und Tränen kullerten über ihre Wangen.

Er verstand und sagte: »Es tut mir leid, dass du dich so fühlst.«

Sie schaute ihn an.

Er drückte sie fest und meinte: »Enttäuschungen und Schmerz gehören zu einer Beziehung. Es wird vergehen.«

Bella löste sich: »Danke Paps.« Sie wischte sich die Tränen von den Wangen und deckte weiter den Tisch.

Auch ihre Mutter freute sich über die Überraschung.

»Mutsch, ich gehe nachher nochmal in die Bibliothek. Ich muss in Ethik einen Vortrag ausarbeiten. Zum Mittag bin ich aber dieses Mal pünktlich.« Sie wollte ihren Eltern nichts von der Schnitzeljagd erzählen. Gegen 10 verließ sie die Wohnung und fuhr mit dem Fahrrad zum Friedhof. Sie hatte das Kästchen und den Schlüssel in ihren Rucksack getan. Das wollte sie keinesfalls zu Hause lassen.

Beim Friedhof angekommen, stellte sie ihr Fahrrad in den Fahrradständer vor dem Eingang und schloss es ab. Sie ging über den Friedhof. Es schauderte sie schon ein wenig. Bislang hatte sie sich mit dem Tod noch nicht auseinandersetzen müssen. Doch der Friedhof hatte auch etwas von Ruhe, Frieden und Harmonie. Links von ihr führte ein Weg zur Kapelle. Sie hoffte, dass sie offen war. Sie hatte Glück. Doch sie konnte nicht rein, denn es fand gerade eine Beerdigung statt. Traurig. Die Angehörigen weinten. Die Atmosphäre war mit Traurigkeit und Leid durchzogen. Bella setzte sich auf eine Bank mit dem Blick auf die Tür der Kapelle. Sie dachte an die Situation mit ihrem Vater zurück. Wieder stiegen Tränen in ihr hoch. Nach etwa 30 Minuten kamen die Trauernden aus der Kapelle, angeführt durch den Trauerredner und die Gehilfen, die die Urne des Verstorbenen trugen. Sie liefen zu dem Platz, wo die Urne herabgelassen werden sollte.

Als die Kapelle leer war, ging sie hinein. Zum Glück war sie allein in dem Raum, sodass sie in Ruhe nachsehen konnte, ob sie Hinweise fand. Die Kapelle war nicht groß, es befanden sich Bänke und Stühle sowie ein Rednerpult darin. Auch ein Abbild von Jesus war an der Wand. Irgendetwas sagte ihr, dass sie am richtigen Ort war, sie musste nur richtig schauen. Sie war aufgeregt, was würde sie finden? Bella lief nach vorne an das Rednerpult. Ihr fiel ein Stuhl auf, der schon einige Jahrhunderte alt sein musste. Er war kompakt und wirkte aufgrund seiner Bauart ziemlich stabil, seine Beine waren breit und die Lehne sah ebenfalls fest aus. Auch die Sitzfläche schien robust, wenn auch nicht wie bei einem normalen Stuhl. Eher wirkte sie wie ein doppelter Boden, als wären zwei feste Bretter übereinandergelegt und danach die Polsterung aufgezogen. Sie wollte ihn näher betrachten und versicherte sich vorher, dass niemand in die Kapelle kam. An den Beinen fand sie nichts. Sie suchte an den Armlehnen. Auch dort war nichts zu erkennen, genau wie bei der Rückenlehne. Sie setzte sich auf ihn und hoffte, er würde sie aushalten. Er war aus gutem Holz gefertigt. Sie lehnte sich an, schloss die Augen und fuhr mit ihren Händen an den Armlehnen entlang, oben und unterhalb. Stopp – sie spürte etwas. Sie stand auf und schaute unter die Armlehnen. Auf der linken Seite fand sie das Alpha und auf der rechten das Omega. Ja, sie war richtig, sie hat es gefunden. Doch wie ging es jetzt weiter? Was sollte sie jetzt machen? Es gab keine Einbuchtung, welche auf ein Schlüsselloch hinwies. Wieder setzte sie sich auf die Sitzfläche und schloss die Augen. Sie dachte nach. Sie hatte schon einige solcher Filme gesehen, in denen in Gegenständen Geheimfächer eingebaut waren. Sie musste nur den Zugang finden. Also tastete sie den Stuhl überall ab. Doch sie konnte an den Flächen nichts entdecken. Vielleicht ist es in den Beinen versteckt, sie wollte ihn hochheben und umdrehen, doch er war ziemlich schwer, sodass sie zuerst die vorderen Beine hochhob. Dort war nichts. Die Standflächen der Beine waren glatt. Ein wenig enttäuscht hob sie die hinteren Beine hoch. Ja, auf beiden Seiten befanden sich Einbuchtungen. Sie sahen aus wie zwei Knöpfe – welchen musste sie drücken? Beide nacheinander in einer bestimmten Reihenfolge oder zusammen? Sie hatte Angst, dass der Stuhl kaputt gehen würde, wenn sie etwas Falsches tat. Sie besann sich auf die Zeichen. Alpha steht für Anfang und Omega für das Ende. Sie entschied sich zuerst den Knopf in dem Bein auf der Seite des Alpha zu drücken und anschließend die Seite des Omega. Sie lag richtig. Es klickte. Die Sitzfläche des Stuhls bewegte sich kurz. Es hatte sich ein Verschluss gelöst. Ihr Herz schlug schneller. Was würde sie jetzt finden? Sie nahm Stimmen wahr. Oh je. Sie musste sich beeilen. Sie hob die Polsterung hoch und fand ein weiteres Kästchen. Bella nahm es, steckte es in den Rucksack und schloss die Polsterung. Sie vernahm erneut ein Klicken. Der Verschluss war wieder eingerastet. Gerade als sie am Rednerpult vorbeilief, kamen die Mitarbeiter des Beerdigungsinstituts in die Kapelle. Die Beerdigung war vorbei. Bella grüßte freundlich und verließ rasch das Gebäude. Sie wollte sich nicht erklären. Die Bestatter schauten ihr fragend hinterher, ließen sie jedoch gehen. Bella machte sich auf den Heimweg. Es war bald Mittagszeit und sie würde sich das Kästchen zu Hause anschauen.

»Ich bin wieder zu Hause«, rief sie, als sie zur Tür reinkam. Sie roch schon die Kartoffeln. Ihr Magen regte sich. Bis das Essen fertig war, würde sie versuchen, das Kästchen zu öffnen. Das Kästchen unterschied sich in der Farbe von dem anderen. Das Erste war grün, dieses war braun. Hatte die Farbe etwas zu sagen? Vielleicht erschloss es sich, wenn sie wusste, was in dem Kästchen ist. Auch auf diesem befand sich eine Inschrift und ein Zahlenschloss. Die Inschrift lautete:

Ein Gesöff für jeder Mann,
von dem er nicht genug bekommen kann.
Es heilt die Kranken und stärkt die Schwachen.

Bella zog ihre Augenbrauen hoch. Was bedeutete das? Bezog es sich auf Medizin? Aber welche Medizin trank ›jedermann‹? Sie stand auf und lief zum Fenster. Von ihrem Zimmer aus konnte sie das Fenster von Anna sehen. Sie wohnte zirka 400 Meter Luftlinie entfernt. Anna, Susi und sie wollten am 30.12. mit dem Bus nach Amsterdam fahren und dort auf einem Schiff Silvester feiern. Es gab asiatisches Essen. Am 01.01. kämen sie zurück. Bella musste demnach schnell machen, damit sie weiterkam. Abfahrt ist am 30.12. um 10 Uhr. Sie hatte nur noch heute und dann wieder am 02.01. Zeit. Sie war froh, dass sie die erste Januarwoche noch Urlaub genommen hatte. Dann hätte sie genug Zeit, das Rätsel zu lösen, und das Schloss, zu dem der Schlüssel passte, zu finden. Das Rufen ihrer Mutter riss sie aus ihren Gedanken. Das Essen war fertig. Sie würde nachher weitermachen.

Ihr Vater trank zum Mittag immer ein Gläschen Bier. Das würde den Geschmack komplett machen, meinte er. Sie konnte sich das überhaupt nicht vorstellen. Das Mittagessen schmeckte ihr. Es gab Kartoffeln, Buletten und Rotkraut. Als Nachtisch gab es Kirschen aus dem Glas. Nun war sie satt. Nach dem Abwaschen ging sie zurück in ihr Zimmer. Sie war müde. Doch sie wollte jetzt nicht schlafen. Das Rätsel ging ihr nicht aus dem Kopf. Immer und immer wieder las sie es. Es musste etwas aus der Geschichte von Delitzsch sein, dachte sie. Sie blätterte in dem Buch, welches sie sich aus der Bibliothek ausgeliehen hatte. Doch wo sollte sie suchen? Sie ging die Seiten durch. Von Medizin las sie nichts. Allerdings fand sie einen Text über die Wirtschaft von Delitzsch. Darin hieß es, dass das Handwerk und die Herstellung sowie der Verkauf von Bier die wirtschaftliche Grundlage bildeten. Sie nahm sich erneut den Zettel zur Hand und las den Text. Jetzt fiel es ihr auf. »Jeder Mann« stand auf dem Zettel und nicht ›jedermann‹. Es war die Schreibweise und bezog sich auf den Mann und nicht auf jeden. Jetzt musste sie nur noch eine Zahl finden, die das Kästchen öffnete. Sie las sich den Text erneut durch und fand eine Zahl. 1390 wurde die Biermeile in Delitzsch eröffnet. Sollte das die richtige Zahl sein? Sie versuchte es. Es gab wieder einen Klick und der Deckel öffnete sich. Wow – sie war stolz auf sich! Die Gewohnheit ihres Vaters verhalf ihr zur Lösung. Sie musste schmunzeln. In dem Kästchen lag ein weiterer Zettel. Ein neues Rätsel erwartete sie.

Sie las:

Sie naschen Brot und Speck
und huschen wieder ins Versteck.
Gern leben sie im Grünen und laufen durch die Dünen.
Geh zu dem Ort, wo sie wohnen
und deine Suche wird sich lohnen.

Sie legte den Zettel auf den Tisch und umklammerte mit ihren Händen ihren gesenkten Kopf. Bei den ersten beiden Sätzen ist sie sich sicher, dass es sich um Mäuse oder Ratten handelte. Aber wo versammelten sie sich? Jede hatte ihren eigenen Bau. Es konnte nur wieder ein Hinweis auf ein Bauwerk sein. Möglicherweise kamen dort sehr häufig Mäuse oder Ratten vor, egal wie sehr man sie bekämpfte. Vielleicht hat man dieses Bauwerk danach benannt? Doch sie kannte keines, was in Delitzsch diesen Namen trug. Mäusehaus oder Rattenhaus. Vielleicht war es auch ein Verweis auf einen Kindergarten, der damals so genannt wurde. Sie hörte oft Eltern sagen, was für tolle Mäuse sie zu Hause hatten. Allerdings meinten sie damit ihre Kinder. Das bekam sie sicher so nicht gelöst.

Sie beschloss rauszugehen, sich die Beine zu vertreten und nachzudenken. Sie lief in Richtung Kosebruch, wo sie auch mit Tom oft gewesen ist und erinnerte sich auf dem Weg dorthin, dass sie damals im Kosebruch einen Ohrring verloren und nicht wiedergefunden hatte. Das war traurig, da sie ihn zu Weihnachten von ihren Eltern bekommen hatte. Sie gestand es ihnen damals nicht, aus Angst, sie würden schimpfen.

Es hatte sich einiges im Kosebruch geändert. Der Kuhstall wurde geschlossen und das Feld lag brach. Vielleicht würden sie die Fläche den kommenden Sommer nutzen und etwas anbauen. Sie lief den langen Weg bis zum Teich, der komplett mit Schilf bewachsen war. Zum Hinsetzen war es zu kalt, also blieb sie stehen und schaute von dort auf den Teich. Ihre Gedanken waren bei Tom. Sie wusste nicht, ob er schon wieder auf See war und wie es ihm ging. Sie hatte nichts von ihm, keine Adresse und keine Telefonnummer. Traurig schaute sie auf das Schilf. Eine Maus, die herausrannte, holte sie aus ihren Gedanken zurück. »Stimmt. Da ist ja noch dieses Rätsel«, sagte sie vor sich hin. Sie zog den Zettel erneut heraus und las. Doch auch jetzt konnte sie nichts damit anfangen. Sie beschloss nach Hause zu gehen und das Rätsel vorerst zu Seite zu legen. Sie konnte heute auch nicht mehr in die Bibliothek zum Recherchieren. Außerdem musste Bella ihre Tasche packen, weil es morgen nach Amsterdam ging. Sie freute sich schon über die Ablenkung. Dann würde sie Susi und Anna auch erzählen, dass Tom sich von ihr getrennt hatte.

01.01.

Sie waren zurück zu Hause. Es war eine schöne Zeit in Amsterdam. Sie besuchten einen Bauernhof, schauten bei der Käseherstellung zu und tanzten viel. Weil sie die Silvesternacht durchgemacht haben, war Bella zu müde, um sich noch mit dem Rätsel zu beschäftigen. Sie wollte sich morgen gleich nach dem Frühstück dransetzen, jetzt fiel sie müde in ihr Bett.

02.01.

Sie wachte vom Geruch frischer Brötchen auf und hatte großen Hunger. Beim Essen erzählte sie ihren Eltern von ihrer Reise. Nach dem Essen wollte sie sich gleich dem Rätsel widmen. Vor dem Zettel sitzend las sie:

Sie naschen Brot und Speck
und huschen wieder ins Versteck.
Gern leben sie im Grünen und laufen durch die Dünen.
Geh zu dem Ort, wo sie wohnen
und deine Suche wird sich lohnen.

Daraufhin blätterte sie in dem Buch über Delitzsch, doch sie konnte nichts darin finden. Also zog sie sich an und machte sich auf den Weg in die Bibliothek. Vielleicht stand etwas in den Büchern, die sie bereits zurückgegeben hatte.

Frau Müller freute sich, sie wiederzusehen. »Bella, wie weit bist du mit deinem Vortrag?«

Bella schaute sie an und meinte, sie bräuchte noch einige Informationen. Mehr wollte sie Frau Müller nicht erzählen. Bella fand keine Hinweise auf mögliche Bauwerke. Sie fragte: »Wo kann man noch hingehen, wenn man Infos über die Stadt und ihre Gebäude braucht?«

Frau Müller sagte: »Dann kannst du nur ins Stadt-archiv gehen.«

Bella überlegte. »Wo ist das?«, fragte sie.

»Das ist im Rathaus. Ich weiß aber nicht, ob es heute geöffnet hat. Du kannst nur fragen.«

Bella bedankte sich und machte sich auf den Weg, glücklicherweise war es geöffnet. Sie traf einen jungen Mann an, der gerade bei der Stadt Delitzsch eine Aus-bildung machte und etwas müde wirkte. Wahrschein-lich hatte er Silvester auch gut gefeiert.

»Hallo«, sagte Bella.

Er schaute sie an und erwiderte den Gruß.

»Ich brauche Hilfe. Ich suche ein Gebäude oder einen Platz aus der Geschichte von Delitzsch, was auf Mäuse hindeutet oder bei dem Maus im Namen auf-taucht.«

Er schaute sie fragend an und schüttelte den Kopf.

»Alles klar bei dir?«, fragte er.

Sie nickte entschlossen. »Bitte, ich brauche einen Anhaltspunkt.« Sie sah ihn flehend an.

Er konnte jedoch damit nichts anfangen und fühlte sich veralbert.

Bella entschloss sich, ihm den Zettel zu zeigen. »Okay. Meine Freundinnen und ich spielen Schnitzel-jagd in Delitzsch. Jeder muss dem anderen ein Rätsel aufgeben und an den Ort gehen, der gesucht wird. Dort würde sich ein weiterer Hinweis verstecken«, log sie. Sie zeigte ihm den Zettel.

Das war für ihn auf jeden Fall überzeugend. Er las den Text. Er mochte Rätsel und war gleich Feuer und Flamme, schritt durch den Raum und überlegte laut. Er war noch nicht so lange im Archiv eingesetzt und wusste daher noch nicht so viel. »Ich heiße Matthias«, sagte er.

Sie sah ihn an. »Bella. Angenehm.«

»Gut. Schauen wir mal. Gibt es einen Hinweis, aus welchem Jahr das Gebäude oder der Platz sein sollen?«

Bella verneinte.

»Dann gehen wir mal logisch vor. Hier steht etwas vom Grünen und Dünen. Es könnte ein Hinweis auf einen Ort sein. Ein Feld ist es nicht. Das ist nicht grün. Entweder ist es der Stadtwald oder der Stadtpark. Soweit ich weiß, gibt es im Stadtwald keine Gebäude. Allerdings steht im Stadtpark ein Turm. Jetzt wäre natürlich interessant, wann er errichtet wurde, damit ich im Archiv nachschauen kann.« Ihm kam eine andere Idee. Er ging an den Computer und gab das Stichwort ›Turm‹ ein. Zum Vorschein kam der Schlossturm, der Breite Turm, der Hallische Turm und der Juliusturm. Den Breiten Turm schlossen sie aus, er stand nicht im Grünen. Bei dem Hallischen Turm war es strittig, da dieser in der Nähe des Wallgrabens stand. Sie zogen den Schlossturm und den Juliusturm in die engere Auswahl.

Bella las die Fakten über den Schlossturm, Matthias über den Juliusturm. Ihr Gefühl sagte, dass es nicht der Schlossturm sein konnte. Sie konnte sich jedoch nicht erklären, warum.

Matthias stieß zu ihr und sagte: »Schau mal. Der Juliusturm wurde 1903 errichtet, um die Abwasserbeseitigung zu unterstützen. Er heißt auch Mäuse- oder Schlammturm.« Er schaute sie an. Sie las sich den Text ebenfalls durch und sah auf. »Ja. Ich denke, dieser Turm ist gemeint.« Matthias sagte, der Turm ist nicht mehr in Betrieb, sollte aber der Stadt erhalten bleiben. Sie nahm ihre Sachen und wollte gehen. Doch er erwiderte, er wolle mitkommen. Sie sah ihn an und sagte, dass sie das aber nicht will. Sie sei ihm dankbar für seine Hilfe, aber das möchte sie allein machen. Enttäuscht zog er sich zurück. Sie verließ das Archiv und machte sich auf den Weg in den Park, wo der Mäuseturm stand. Sie dachte, ob sie vielleicht unfair gegenüber Matthias war? Doch sie wollte niemanden dabeihaben.

Am Mäuseturm angekommen lief sie um ihn herum und schaute, ob sie Schriftzeichen oder Gravuren im Putz fand. Nichts. Sie schaute auf den Boden und suchte nach Aussparungen. An der hinteren Seite des Turms sah sie etwas ganz versteckt im Gras blitzen. Es sah aus wie ein Mäuseloch. Es lag unter dem Grasansatz. Sie kniete sich hin und schob mit ihrer Hand das Gras beiseite. Sie bräuchte eine Schaufel, um das Gras und die Erde zu entfernen. Sie schaute sich nach etwas anderem um. Ein Stock würde es auch tun, dachte sie sich. Unweit vom Turm entfernt fand sie einen stabilen Stock. Sie nahm ihn und wühlte ein wenig an der Stelle. Das Loch kam mehr zum Vorschein. Sie versuchte mit ihrer Hand hinein zu kommen. Sie musste noch ein wenig wühlen. Schließlich kam sie ran. Ihre Hand passte gerade so in die Öffnung. Sie fühlte eine kleine Rolle an den Fingerspitzen. Sie musste sich hinlegen, damit ihr Arm länger wurde. Vorher schaute sie nochmal, ob auch keiner in ihrer Nähe war, der sie beobachtete. Dabei sah sie nicht, dass sich Matthias hinter einem Baum versteckte. Sie versuchte es erneut und bekam die Rolle zu fassen. Sie zog sie aus dem Loch und schob das Gras und die Erde wieder so hin, wie es vorher war. Sie trat es fest und entfernte sich von dem Turm. Die Rolle hielt sie in der Hand.

Sie lief zum Brunnen der Genesung, um sich dort auf eine Bank zu setzen. Sie wollte sich die Rolle in Ruhe anschauen. Da merkte sie, dass ihr jemand folgte. Sie schaute sich um und sah Matthias.

»Oh nein!«, brummte sie vor sich hin. »Was willst du?«, rief sie.

Er sah sie an und meinte: »Ich will dir helfen. Es ist

immer gut, wenn man jemanden zum Gedanken austauschen hat.« Im Grunde hatte er recht.

Sie setzte sich und überlegte. »Gut. Du versprichst aber, dass du mit niemanden darüber redest.«

Seine Augen leuchteten. »Ich verspreche es. Aber jetzt muss ich zurück zur Arbeit. Ich hatte nur eine kurze Mittagspause. Wann und wo treffen wir uns?« Sie vereinbarten, dass sie ihn um 16 Uhr zum Feierabend abholte. Matthias ging. Sie schaute sich jetzt in Ruhe die Rolle an. Sie war aus Metall. Es fühlte sich wie Metall an. Sie hatte auch einen leichten Grünstich, wenn sie sie ins Licht hielt. Auf der Rolle war wieder ein Text zu erkennen. Ein Zahlenschloss schützte den Inhalt der Rolle. Doch dieses Mal war das Rätsel gar nicht so leicht zu lesen, denn die Buchstaben ergaben keinen Sinn.

6

red ni mruT netierB mI
enie ud tsednif eztipS
.nietS menie fua gnureikraM.

Bella hatte es schnell gelöst, denn sie erkannte, dass es Spiegelschrift war. »Und wie komme ich in den Breiten Turm? Der ist doch nicht jeden Tag zu jeder Zeit geöffnet.« Nun war sie froh, dass Matthias sie unterstützte, er arbeitete bei der Stadt und konnte ihr sicher helfen. Also ging sie schnell zurück ins Stadtarchiv.

»Hey, ich habe noch keinen Feierabend«, spitzelte er.

»Ja, ich weiß. Bei dem Rätsel auf der Rolle steht, dass ich im Breiten Turm den Hinweis dafür finde, mit welcher Zahl die Rolle geöffnet werden kann. Aber der Turm ist sicher verschlossen.«

Matthias nickte. Allerdings wusste er, wer den Schlüssel hatte und rief diese Person sofort an. »Gebongt. Wir können nachher rein. Charlotte schließt uns auf.«

Sie nickte ihm dankend zu. Es war gerade 14 Uhr. Noch zwei Stunden musste sie warten. Sie fragte, ob etwas über den Breiten Turm im Archiv aufbewahrt wurde. Sie würde die Zeit nutzen, um etwas über ihn zu lesen.

Er holte alle Unterlagen hervor. Bella setze sich an einen Tisch in einer Ecke und las. Auch schaute sie sich die Bauweise und den Grundriss des Turms an, damit sie wusste, was sie erwartete. Diese Schnitzeljagd machte ihr Spaß. Sie ließ Bella vergessen, dass ihr Leben nun ohne Tom weiterging.

Der Breite Turm wurde 1396 als Teil der Wehranlage am Wallgraben im gotischen Stil erbaut. Er war 46 Meter hoch, viereinhalbgeschossig und hatte 130 Stufen sowie ein Zeltdach mit einem Dacherker. Bestimmt würden sie dort den Stein mit der Markierung finden.

Um 16:30 Uhr trafen sich Matthias und Bella mit der Rosenkönigin von Delitzsch. Sie hieß Charlotte und hatte den Schlüssel dabei. »Gut. Ich schließe euch auf, ihr habt zehn Minuten Zeit.«

Matthias bedankte sich und beide verschwanden im Breiten Turm.

Bella sagte: »Also hier steht: Im Breiten Turm in der Spitze, findest du eine Markierung auf einem Stein.

Es muss auf jeden Fall eine Zahl sein, weil die Rolle wieder ein Zahlenschloss hat.« Die Stufen schlauchten. Sie waren gerade bei der Hälfte angelangt, als Bella und Matthias schon ziemlich schnaufen mussten. Den Rest schafften sie auch noch, konnten es kaum erwarten, oben anzukommen. Der Turm war beeindruckend, Bella ergriff eine Gänsehaut, als sie sich vorstellte, wie wohl die Leute hier Tag ein Tag aus verharrten und Wache hielten. Endlich kamen sie oben an. Beide waren außer Atem.

Zum Glück hatte Matthias eine Taschenlampe dabei. Das Licht des Turms reichte nicht aus, und draußen war es fast finster.

»Kannst du was erkennen?«, fragte Bella. Bislang sahen sie nichts. Sie suchten Stein für Stein ab, aber fanden keine Zahl. Vielleicht mussten sie doch nach etwas Anderem schauen. Schließlich war die Rede von einer Markierung.

Charlotte rief von unten. »Kommt ihr? Die Zeit ist um.«

Matthias antwortete: »Wir brauchen noch fünf Minuten, wir haben es noch nicht gefunden.« Angespannt liefen sie herum und schauten. Selbst auf dem Boden war nichts zu sehen.

Nun blickte Bella nach oben. Sie sah in der rechten hinteren Ecke eine Markierung auf dem Stein. »Hier, ich habe etwas«, sagte sie. Sie streckte sich und tastete über die Markierung. Es war ein Kreis und herum fühlte sie eine Aussparung. Möglicherweise war es ein Knopf, den sie betätigen musste. Ihre Herzen klopften. Sie hatten Angst, wussten sie ja nicht, was passierte. Doch der Drang war zu groß. Es musste der Stein sein. Einen anderen Stein mit einer Markierung haben sie nicht gefunden.

Wieder rief Charlotte von unten.

Matthias schob Bella zur Seite und drückte auf den Knopf. Sie hörten ein Geräusch und ein Klicken. Auf der Seite des Fensters im Dacherker öffnete sich ein kleines Holztürchen. Zum Vorschein kam ein Zettel.

Bella nahm den Zettel und schloss das Türchen wieder. »Okay, lass uns runtergehen. Sonst wird Charlotte noch wütender.« Sie riefen, dass sie kämen. Sie seien fertig. Unten angekommen, bedankten sich beide.

Charlotte schloss den Breiten Turm zu und verabschiedete sich von ihnen.

Bella und Matthias gingen unter eine Laterne, die in der Nähe des Turms stand, denn sie wollten wissen, was auf dem Zettel stand. Er entfaltete den Zettel vorsichtig. Es erschien die Zahl 1637.

Sie schaute Matthias an.

Er wusste sofort, was diese Zahl bedeutete. »Das ist das Jahr, als die Türmerstocher in die Trompete blies, weil Truppen der schwedischen Armee in die Stadt eindringen wollten.« Bella war begeistert und freute sich immer mehr, dass sie Matthias dabeihatte. Sie zog die Rolle mit dem Zahlenschloss hervor und gab die Zahl 1637 ein. Es gab ein Klicken. In der Rolle befand sich erneut ein Zettel und ein kleiner Schlüssel aus Messing. Wofür war der? Sie nahmen sich den Zettel zur Hand. Auf diesem stand:

»… Gestalten formen sich aus leblosem Ton,
sie quellen aus den Händen,
und das Werk steht da in Ton und in Gips.
Es aufersteht dann in Marmor und führt ein Eigenleben,
die Idee wird sichtbar und spricht für sich
und sie spricht zum anderen! …«[1]

»Es ist ein Auszug aus etwas. Wie ein Gedicht klingt es nicht. Vielleicht ist es ein Auszug aus einer Rede.« Leise sprachen beide den Text vor sich hin und überlegten, was er bedeuten könnte.

Bella sah auf die Uhr. Sie musste nach Hause, in einer Viertelstunde gab es Abendessen und zum Glück

---

[1]   Zitiert nach Alfred Brumme, 1937

war sie mit dem Fahrrad unterwegs. »Matthias, ich muss gehen. Kann ich morgen wieder zu dir auf Arbeit kommen? Vielleicht finden wir etwas im Stadtarchiv. Ich habe auch ein Buch über die Geschichte von Delitzsch zu Hause. Möglicherweise hilft es weiter.«

Er sah sie an und meinte, sie dürfe doch jetzt nicht gehen und aufhören. Doch leider ging es nicht anders. Wenn sie etwas zu essen haben wollte, musste sie pünktlich sein. Das sagte sie ihm so, sie hätte Hunger und ihre Eltern hatten sie zum Abendessen mit eingeplant. »Wir sehen uns morgen. Danke, dass du dich nicht hast abwimmeln lassen und mir bei der Sache hilfst.« Ihre Wege trennten sich.

Er wohnte in der Schulstraße, hatte es also nicht weit vom Breiten Turm bis nach Hause.

Sie stieg auf ihr Fahrrad und tritt in die Pedale.

Auf dem Heimweg dachte sie daran, was sie heute alles gefunden hatten. Sie waren am Mäuseturm im Park und im Breiten Turm gewesen. Wie viele Rätsel musste sie noch lösen, bis sie die Bedeutung des Schlüssels herausgefunden hatten? Sie wollte vorerst Matthias nichts von dem Schlüssel erzählen. Das konnte sie später immer noch tun. Matthias war ein netter Kerl. Er war einen Kopf größer als sie, hatte schwarze kurze Haare und dunkelbraune Augen. Er schien weniger sportlich zu sein. Dennoch hatte er eine gut ausgeprägte Statur. Sie fragte sich, ob er wohl eine Freundin hatte. Sie konnte es sich schon vorstellen. Sie musste schmunzeln. Pünktlich 18 Uhr schloss sie die Haustür auf, wusch sich schnell die Hände und setzte sich an den Tisch. Es gab Kartoffelauflauf mit Brokkoli. Lecker. Sie hatte auch richtig Hunger. Schließlich fehlte ihr das Mittagessen. Nach dem Essen wollte sie sich dem Rätsel widmen und im Buch über Delitzsch recherchieren.

»**M**utsch, das Essen war lecker. Danke dafür.« Ihre Mutter freute sich über das Lob und strahlte übers ganze Gesicht.

Bella räumte den Tisch ab und erledigte den Abwasch. Danach verzog sie sich in ihrem Zimmer und beschäftigte sich mit dem Zettel. Auch sah sie sich den kleinen Messing-schlüssel an. Der Schlüsselkopf war ein Herz. Der Schlüsselbart hatte die Form eines spitzen Zahns. Auf dem Stiel waren Hände abgebildet. Es glich dem Gemälde »Betende Hände« von Albrecht Dürer aus dem Jahr 1508. Vielleicht war das bereits ein Hinweis auf den nächsten Ort. Sie legte ihn erstmal wieder zurück in die Rolle und nahm sich das Buch, blätterte ein wenig darin und schaute sich die Fotos der Bauwerke von Delitzsch an. Zum Lesen hatte sie gerade keine Lust, denn sie schwelgte in Gedanken. Was würden sie am Ende finden? Auch dachte sie an Matthias, was er wohl gerade machte. Bestimmt versuchte er an der Lösung zu arbeiten. Sie hatte ihn als sehr ehrgeizig und klug kennengelernt, das inspirierte sie sehr. Sie blätterte in dem Buch, ohne darauf zu achten, was auf den Fotos war. So verträumt war sie. Die Tür ihres Zimmers ging auf.

Ihre Mutter sagte, dass sie noch mit Vater zu einer Feier ginge, zu der sie eingeladen waren. Sie wäre jetzt mit ihrer Schwester allein.

»Ist okay. Viel Spaß«, erwiderte Bella. Ihre Schwester war drei Jahre jünger als sie. Sie kamen ganz gut miteinander aus, waren allerdings sehr unterschiedlich. Ihre Schwester war ziemlich klug und technisch begabt. Sie nahm ihre Geschenke gern auseinander, um zu sehen, wie die Geräte funktionierten. Das Erstaunliche war, dass sie nach dem Zusammenbauen auch wieder erfolgreich liefen. Das bewunderte Bella an ihrer Schwester sehr. Sie selbst hatte zwei linke Hände. Dafür las sie viel. Sie ergänzten sich beide.

Als ihre Mutter die Tür schloss, schaute Bella wieder auf das Buch – und schließlich sah sie das Foto. Ihr Gefühl sagte ihr, dass es das sein musste. Es war der Brunnen der Genesung. Er wurde am 04.07.1937 eröffnet. Alfred Brumme war der Bildhauer, der diesen Brunnen entwarf. Der Brunnen wurde erbaut, damit

Delitzsch den Titel einer Kurstadt bekam. Allerdings konnte sie nicht jene Zeilen finden, die auf dem Stück Papier niedergeschrieben waren. Es passte jedoch.

»... Gestalten formen sich aus leblosem Ton,
sie quellen aus den Händen,
und das Werk steht da in Ton und in Gips.
Es aufersteht dann in Marmor und führt ein Eigenleben,
die Idee wird sichtbar und spricht für sich
und sie spricht zum anderen! ...«[1]

Es waren Gestalten aus Ton, die zusammenstanden. Eine Frau reichte einer anderen eine Schale mit Wasser, damit sie wieder gesund wurde. Es war der Brunnen der Genesung. Bestimmt fand sie morgen etwas im Stadtarchiv in der Chronik von Delitzsch. Sie musste ganz sicher gehen. Sie konnte es kaum erwarten, Matthias davon zu berichten. Doch wo sollte in diesem Brunnen ein Schlüssel passen? Sie wollte morgen zusammen mit Matthias nachsehen. Jetzt war sie sehr müde. Sie wünschte ihrer Schwester eine gute Nacht und ging zu Bett. In dieser Nacht sollte jedoch etwas Besonderes passieren.

Bella schlief tief und fest, als jemand in ihrem Zimmer erschien. Die Frau setzte sich an ihr Bett. Sie war

---

1   Zitiert nach Alfred Brumme, 1937

mit einem königsblauen Kleid aus Seide bekleidet und trug einen Schleier über ihr Gesicht, der allerdings ihr tiefschwarzes Haar nicht komplett bedecken konnte. Sie hatte lange, schlanke Arme. Sie sah in Richtung Bella; Bella hatte das Gefühl, dass sie diese Frau ansah, dass ihre Augen offen waren, obwohl sie schlief. Es war ein absolut lebendiger Traum. Die Frau sprach zu ihr. »Ich bin Margarethe. Ich wurde 1607 der Stadt verwiesen, weil die Bürger mich für eine Hexe hielten. Ich hatte keine Zeit, um mein Hab und Gut mitzunehmen. Damit ich endlich Frieden finden kann, benötige ich es. Bitte hole es. Ich werde wiederkommen.« Bella konnte sich nicht bewegen und nicht sprechen. Sie hatte Angst und wollte aufwachen. Die Frau verschwand und Bella erwachte schweißgebadet. Sie verstand nichts mehr. Sie setzte sich in ihrem Bett auf und legte die Hände vor ihr Gesicht. Wer war die Frau und was wollte sie? Sie sagte, sie hieße Margarethe und wurde 1607 verbannt. Sie würde morgen in der Stadtchronik von Delitzsch nachlesen. Jetzt käme sie sowieso nicht auf die Lösung. Bella legte sich wieder hin und schlief schnell ein. Der Duft des Frühstücks weckte sie. Voller Energie stand sie auf, wusch sich und zog sich an. Sie aß recht zügig und machte sich dann auf den Weg zum Stadtarchiv, wo Matthias bereits auf sie wartete. Er war heute wieder im Dienst. Sie musste ihm unbedingt von ihrer Erkenntnis erzählen. Als sie durch den Park fuhr, sah sie zum Brunnen der Genesung und fühlte, dass er gemeint war. Die Statuen waren im Winter immer mit einer Schutzhülle ummantelt, damit die Kälte dem Kunstwerk nicht schadete. Jetzt erinnerte sie sich auch wieder an den nächtlichen Besuch, die Frau mit dem blauen Kleid. Bella versuchte sich zu erinnern, was die Frau zu ihr gesagt hatte. Doch je länger sie sich konzentrierte, desto weniger wusste sie.

Am 03.01. erreichte sie um 10 Uhr das Stadtarchiv. Wie sie vermutet hatte, wartete Matthias bereits. Er war so aufgeregt, dass es nur so aus ihm heraussprudelte: »Es ist der Brunnen der Genesung gemeint. Schau', ich habe die Textteile in den Gedanken von Alfred Brumme gefunden.« Er zeigte ihr den gesamten Text. Die Zeilen sind ein Teil davon.

> »… *Gestalten formen sich aus leblosem Ton,*
> *sie quellen aus den Händen,*
> *und das Werk steht da in Ton und in Gips.*
> *Es aufersteht dann in Marmor und führt ein Eigenleben,*
> *die Idee wird sichtbar und spricht für sich*
> *und sie spricht zum anderen!* …«[2]

Die Schwester reichte der anderen Frau einen Trunk,

---

2   Zitiert nach Alfred Brumme, 1937

weil diese krank war. Der Trunk brachte ihr Leben und stärkte ihren schlaffen Körper. Neues Blut strömte durch ihre Adern und das Leben kehrte in sie zurück. So beschrieb es Herr Brumme in seiner Rede.

»Irre«, jubelte Bella und drückte Matthias voller Enthusiasmus.

Er war überwältigt und fand es genial.

Doch als Bella bemerkte, was sie tat, schritt sie schnell zurück und entschuldigte sich. »Ist schon okay. Passiert mir nicht alle Tage!«

Er lächelte.

Bella schaute verlegen auf den Text. »Ich muss noch über etwas anderes mit dir reden. Es klingt etwas albern, bitte lach' mich nicht aus.«

Matthias ermutigte sie zum Reden.

Bella setzte sich und erzählte ihm von der Frau, von der sie letzte Nacht geträumt hatte. »Es fühlte sich so verdammt echt an. Ich hatte das Gefühl, sie saß wirklich auf meinem Bett und ich habe sie angesehen. Ihr Name war Margarethe. Sie wurde 1607 der Stadt verwiesen, sagte sie. Sie fände allerdings keine Ruhe, weil sie ihre Sachen nicht mitnehmen konnte. Sie musste nach dem Erlass sofort die Stadt verlassen. Sie brauchte etwas, damit sie endlich in Frieden ruhen kann.« Bella fiel auf einmal wieder alles ein.

Matthias hörte aufmerksam zu. Er fand es kein bisschen merkwürdig oder albern. Im Gegenteil. Er war schon immer der Meinung, dass es Geister gab, die aus verschiedenen Gründen keine Ruhe fanden. »Mmh. Im Moment klingelt es da nicht bei mir. Allerdings haben wir einen Anhaltspunkt. Wir schauen in die Stadtchronik im Jahr 1607. Vielleicht finden wir einen Verweis auf den Namen und hoffentlich eine Angabe zum damaligen Wohnort.« Matthias holte den Auszug der Chronik von 1607. »Ja, hier steht es. Margarethe war eine Tochter von Matthäus Korb. Sie wurde im Zuge der Hexenverfolgung des Landes verwiesen, weil sie Kuren an Menschen und Vieh vornahm und dabei erzählte, sie hätte Hilfe von einer Frau, die mit einem Spiegel nicht nur den Grund der Krankheit, sondern auch das rechte Heilmittel entdecke. Margarethe wohnte in der Grünstraße.« Interessant. Leider kannte Bella niemanden in der Grünstraße. Auch hatten sie keine Nummer des Hauses. »Denkst du, wir würden über das Grundbuchamt herausbekommen, wo sie wohnten? Sicher würden die Mitarbeiter des Grundbuchamtes uns nicht so einfach die Daten herausgeben. Ich glaube, jetzt sind deine Beziehungen wieder gefragt«, sagte Bella und lächelte Matthias an. Bislang war er noch nicht im Grundbuchamt eingesetzt gewesen. Er müsste schauen, wen er fragen konnte. »Ich werde es versuchen«, sagte er. »Ich habe jetzt bis 13 Uhr Mittagspause. Wollen wir die Zeit nutzen und an den Brunnen der Genesung gehen? Hast du den Schlüssel dabei?« Sie nickte. Zum Glück war gerade kein Wasser darin, im Winter war er immer leer. Sie konnten also in aller Ruhe schauen, ob sie so etwas wie ein Schloss für den Schlüssel fanden. Hoffentlich reichte die eine Stunde, die Matthias Pause hatte. Beide zogen sich an, stiegen auf ihr Rad und fuhren in Richtung Park.

8

Am Brunnen angekommen stellten sie ihr Rad an einer Bank ab. »Du, ich muss dir noch etwas sagen. Ich habe das mit meinen Freundinnen erfunden, dass wir eine Schnitzeljagd machen. Es tut mir leid.« Er sah sie an und meinte: »Das dachte ich mir schon. Spätestens mit dem Versteck im Breiten Turm war mir das klar. Ich bin dir nicht böse. Ich hätte es genauso gemacht. Also mache dir keine Gedanken.« Sie war erleichtert. Er fragte nicht weiter nach.

Beide liefen zuerst außen am Brunnen entlang und suchten nach Löchern oder Hinweisen. Inzwischen waren 15 Minuten vergangen und sie waren drei Mal um den Brunnen herumgelaufen, konnten jedoch nichts finden. Also stiegen sie in den Brunnen und schauten auf der Innenwand der Umrandung nach – auch hier fand sich nichts. Inzwischen war eine halbe

Stunde rum. Sie hatten nicht mehr viel Zeit, bis Matthias zurück ins Büro musste. Sie entschlossen sich an dem Sockel der Statue zu schauen. Leider war es schwierig, da diese zusammen mit dem Sockel verdeckt war. Sie mussten sich was einfallen lassen.

»Bella, ich muss zurück, aber ich habe eine Idee. Hol' mich um 15 Uhr von der Arbeit ab. Ich werde eine Taschenlampe von zu Hause mitbringen, vielleicht haben wir Glück und sie scheint durch. Möglicherweise können wir etwas sehen, was wie eine Unebenheit oder eine Einbuchtung aussieht. Ich hoffe, dass die Abdeckung lichtdurchlässig ist.«

Bella sah ihn an. »Gut. So machen wir das. Ich hole dich um 15 Uhr ab. Solange schaue ich mal, ob ich mehr über Matthäus' Korb herausfinden kann.« Sie verabschiedeten sich und fuhren in entgegengesetzte Richtungen.

Spontan wechselte Bella die Richtung und fuhr zurück in die Bibliothek. Vielleicht konnte sie dort etwas herausfinden. Aber eine Bibliothek ist kein Namensregister oder Grundbuchamt. Es gab nur beschränkte Angebote. Sie stieg wieder auf ihr Rad und fuhr zurück in den Park. Wieder setzte sie sich auf die Bank, auf der sie immer zusammen mit Tom gesessen hatte. Sie schloss ihre Augen. Sie hätte ihm gern von der Schnitzeljagd erzählt. Bestimmt hätte er auch mitgemacht. Tom mochte Rätsel. Sie erinnerte sich an die

Zeit vor zwei Jahren, als sie mit ihm über den Leipziger Weihnachtsmarkt schlenderte. Es war schön. Sie haben selten etwas unternommen. Die meiste Zeit saßen sie bei ihr im Zimmer und haben die Simpsons geschaut. Sicher war es für ihn oft langweilig. Doch er äußerte sich nie negativ. Das letzte Mal hatte sie ihn voriges Jahr im Oktober gesehen. Er hatte Urlaub und ist nach Hause gefahren. Bevor er jedoch nach Hause ging, holte er sie ab und sie fuhren in eine andere Stadt und schliefen in einer Pension. Ihr wurde bei dem Gedanken warm. So wie Tom küsste und liebte, wird sie es wohl nie wieder erleben. Bei jedem Kuss durchzuckte sie ein warmer Schauer. Das wird sie auf jeden Fall vermissen. Tränen rollten ihr über die Wangen. Erst jetzt merkte sie, dass sie leise weinte. Sie schaute auf die Uhr. Sie konnte los. Sie war froh, dass sie nun eine Ablenkung bekam. Matthias hatte gleich Feierabend. Sie holte ihn wie vereinbart ab. Sie liefen zu seiner Wohnung und unterhielten sich dabei.

Matthias war 19 Jahre alt. Er hatte sein Abitur gemacht und war dann ein Jahr im Ausland gewesen. Letztes Jahr hatte er mit der Ausbildung in der Stadt Delitzsch begonnen. Es gefiel ihm. Er kam aus Torgau. Aber seine Oma wohnte in Delitzsch. Er wohnte bei ihr.

Während Matthias die Taschenlampe holte, wartete Bella am Hauseingang. Sie spürte ein wenig Hunger und Durst hatte sie auch. Aber bis zum Abendessen würde sie es aushalten. Sie wollte ihn nicht fragen.

Als er zurückkam, brachte er einen Rucksack mit, in dem Rucksack eine Kleinigkeit zu essen und etwas zu trinken war. Er lächelte und meinte: »Normalerweise mache ich jetzt mit meiner Oma zusammen Kaffee. Als ich ihr gesagt habe, dass ich heute mit einem Mädchen verabredet bin, hat sie mir etwas eingepackt.«

Bella antwortete: »Das ist toll, ich habe nämlich Hunger und Durst.«

Er sagte: »Na, das passt ja gut.«

Sie machten sich auf den Weg zum Brunnen. Dort setzen sie sich auf eine Bank, aßen Kuchen und tranken Kaffee. Es war schön. Sie fühlte sich in seiner Gesellschaft sehr wohl, sie hatte das Gefühl, dass er ihr sehr ähnlich war. »Übrigens habe ich nichts Neues herausgefunden über Margarethe. In der Bibliothek findet man nicht wirklich etwas dazu«, unterbrach sie die Stille.

Er sah sie an und nickte nur. »Konnte ich mir schon denken«, brummelte er, »ich habe beim Grundbuchamt noch nicht nachgefragt. Habe keine Idee, wie ich es anstellen soll.« Der Kuchen von seiner Oma schmeckte echt lecker. Es war Rührkuchen Stracciatella.

»Wie alt ist deine Oma?«, fragte Bella.

Er überlegte kurz. »Sie ist 72 Jahre und noch richtig fit. Jeden Tag spaziert sie eine Runde durch Delitzsch, kocht und backt selbst und trifft sich regelmäßig mit ihren Freundinnen. Sie häkeln, stricken oder spielen Karten. Ich kann es mir gar nicht vorstellen, wenn sie nicht mehr wäre. Ich habe schon immer viel Zeit bei ihr verbracht. In den Ferien war ich immer bei ihr. Ich bin ihr einziger Enkel.«

Bella erinnerte sich an ihre Kindheit. Sie war auch jede Ferien bei ihrer Oma gewesen, allerdings wohnte diese in Thüringen. Es war eine lange Strecke mit dem Auto und sie konnte nicht so oft zu ihr fahren. Manchmal kam ihre Oma auch mit dem Zug nach Delitzsch und holte sie und ihre Schwester ab. Dann ging es mit dem Zug zurück in den Thüringer Wald. Es machte Bella traurig, dass es nie wieder so sein wird. Sie hatte ihre Oma schon lange nicht mehr gesehen.

Matthias bot ihr noch einen Schluck Kaffee an und holte sie wieder in die Gegenwart zurück.

Inzwischen war es fast dunkel. Matthias packte den restlichen Kuchen und die Thermoskanne mit dem Kaffee zurück in den Rucksack und holte seine Taschenlampe heraus. Er hatte auch für Bella eine mitgebracht.

Sie lächelte, als er ihr die Lampe gab. Beide stiegen in den Brunnen und positionierten sich so, dass sie die abgedeckte Statue zwischen sich stehen hatten. Sie leuchteten von oben nach unten, die Körper entlang. Das Licht der Lampen reichte, sodass sie dunkle Flecken erkennen konnten, jedoch waren sich beide sicher, dass es nichts an den beiden Figuren sein kann. Also fuhren sie systematisch mit ihren Lampen nach unten, bis sie am Sockel angekommen waren. Langsam bewegte sich der Lichtstrahl der Lampen.

»Matthias, ich glaube, ich habe etwas!« Es befand sich ziemlich am Boden des Sockels. Wenn es das wäre, würden die Abdeckung gar nicht weiter stören.

Er kam zu ihr herum und schaute es sich an. Er holte einen kleinen Pinsel heraus, um den Dreck zu entfernen.

Sie sah ihn an und schmunzelte.

Er blickte zurück und meinte, dass die Archäologen das auch so machten.

Sie grinste, er pinselte weiter.

Er legte eine Öffnung frei. Sie schauten sich beide an. »Das muss es sein.«

Bella holte den Schlüssel aus ihrer Jacke und gab ihn Matthias.

Er steckte ihn behutsam in die Öffnung. Er passte. Nachdem Bella den Schlüssel gedreht hatte, bewegte sich der Unterboden des Brunnens. Beide schreckten auf und rannten zum Brunnenrand. Der Sockel der Statue verschob sich und öffnete somit einen Eingang zu einem unterirdischen Gang. Schnell schauten sie um sich, ob es vielleicht jemand gesehen haben könnte. Doch es war inzwischen finster. Die Leute mieden im Dunkeln den Park. Er war nur wenig beleuchtet. Das war ihr Glück. Die Statue kam zum Stehen. Sie betraten den Brunnen und holten den Schlüssel. Sie gingen langsam die Treppe zum unterirdischen Gang hinunter. Die Treppe war aus Stein. Es waren insgesamt sieben Stufen. Beide leuchteten mit ihrer Taschenlampe, um etwas zu erkennen. Es war ein schmaler Gang. Er war jedoch hoch genug, dass sie darin laufen konnten. Die Wände waren betoniert. Allerdings fanden sich Zeichnungen auf ihnen. Sie waren bunt und stellten einige Ereignisse von Delitzsch dar. Beispielsweise war die Schlacht während des Dreißigjährigen Krieges zu sehen. Auch das Schloss und die Kirche St. Peter und Paul waren abgebildet. Bekannte Personen wie Hermann-Schulze von Delitzsch, die Herzogin Henriette Charlotte und ihr Gemahl Moritz Wilhelm waren ebenfalls auf den Wänden vertreten. Sie gingen ein ganzes Stück und hatten überhaupt kein Gefühl, wie weit sie überhaupt schon gelaufen waren.

Bella bekam Angst und wollte zurück.

Matthias beruhigte sie. »Es gibt immer einen zweiten Ausgang, wenn mal etwas mit dem Eingang passieren würde.«

Sie nickte leicht mit dem Kopf und zeigte so, dass sie verstanden hatte. »Was denkst du, warum sollten wir hierherkommen?«, fragte sie.

Matthias zuckte mit den Schultern. Er hatte keine Ahnung. »Lass uns einfach weiterlaufen. Vielleicht finden wir etwas am Ende des Ganges.« Und so war es dann auch.

Sie kamen an eine Büste auf einem großen Sockel. Es war die Büste von Alfred Brumme. Sie stand direkt in der Mitte der Abschlusswand des Ganges. An der Wand befand sich ein Rahmen wie bei einer Tür. Es waren jedoch keine Türklinke oder irgendein Mechanismus zum Öffnen zu finden. Auch käme man nicht so einfach an der Büste vorbei. Der Gang war schmal. Die Büste befand sich mittig. Da sie sich sicher waren, dass sie etwas finden mussten, suchten sie.

Bella ging auf die linke Seite und Matthias auf die rechte. Doch sie konnten nichts sehen.

Matthias nahm seinen Pinsel und befreite die Büste vom Staub, und auch den Sockel, auf dem diese stand. Am Boden um den Sockel herum machte er weiter. Danach zog er den Rahmen in der Wand nach. Doch sie fanden nichts. War es vielleicht gar nicht die Büste, sondern eines der Bilder an den Wänden? Sie gingen zurück.

Bella schaute zwischendurch auf die Uhr. Sie hatte nur noch eine Stunde. Dann müsste sie zum Abendessen zu Hause sein. Sie hoffte, dass die Zeit reichen würde.

Matthias schaute sich das Bild vom Schloss an.

Bella nahm sich die Peter und Paul Kirche vor. Bei genauerem Hinschauen fiel ihr eine Erhebung auf.

»Matthias, schau. Das obere Fenster sieht aus, als wäre es auf eine Erhebung gemalt.«

Matthias strich langsam mit seinen Fingern darüber. »Ja, du hast recht.« Er tastete, ob der Stein vielleicht locker war. Aber es war alles eins. Die Ziegelsteine waren mit einem Putz überzogen. »Warte, ich hole mein Taschenmesser. Damit können wir um die Erhebung den Putz wegkratzen. Auch wenn das bedeutet, dass wir das Gemälde zerstören.«

Er ging und holte den Rucksack, Bella kam es wie eine Ewigkeit vor.

Sie hatte Angst hier unten, so allein.

Matthias machte sich an die Arbeit und kratzte um die Erhebung herum. Der Putz lockerte sich, der Ziegelstein kam zum Vorschein. Noch ein wenig den Mörtel um den Stein lösen und schon konnten sie ihn herausnehmen. Doch hinter dem Stein war wieder nichts. Bella fuhr mit ihrem Arm in das Loch. Sie fühlte nichts. War es nur ein Baufehler und sie haben jetzt das schöne Gemälde zerstört? Kurz hörten sie Geräusche und Stimmen. Oh je, sollte jetzt doch jemand kommen? Beide hielten die Luft an und hofften, dass es im Dunkeln nicht auffiel, dass der Brunnen anders aussah als sonst. Die Stimmen entfernten sich wieder.

Bella nahm den Stein und schaute sich ihn genau an. Und da fand sie die Öffnung auf der Seite. Das Gefäß war der Stein selbst. In dem Stein steckte ein Etui. Sie nahm es heraus, steckte den Stein wieder zurück und wollte gehen.

Doch Matthias ließ es keine Ruhe. Die Büste und die Wand dahinter mussten eine Bedeutung haben. Oder sollte sie wirklich nur ablenken? Er ging nochmal hin und schaute es sich genauer an. Dabei fokussierte er sich auf den Sockel. Und da war es, eine Öffnung, in die ein Schlüssel passte. »Bella komm schnell her. Ich glaube, wir brauchen erneut den Schlüssel. Hier ist eine Öffnung wie an dem Sockel oben.«

Bella gab ihm den Schlüssel. Er passte tatsächlich. Matthias drehte ihn um und es geschah. Der Brunnen bewegte sich. Die Statue fuhr auf ihre ursprüngliche Stellung zurück und der Eingang zum Geheimgang schloss sich. Parallel öffnete sich der Gang hinter der Büste. Die Büste fuhr zur Seite, sodass beide durch die Öffnung laufen konnten.

»Oh mein Gott«, sagte Bella. Sie fürchtete sich, denn niemand würde sie je finden. Zum Glück war sie mit Matthias zusammen. Er schien zu wissen, was er tat. Der Gang war genauso gebaut wie der erste. Allerdings fehlten in diesem die Bilder.

»Lass mal sehen, was in dem Etui ist«, sagte Matthias. Es war ein weiterer Schlüssel. Allerdings fehlte jeglicher Hinweis, wofür er sein sollte.

Bella dachte, also kann es nur noch etwas anderes hier unten geben. Sie schaute erneut auf die Uhr. Sie musste los. »Matthias, ich muss nach Hause. Ich muss pünktlich sein, sonst bekomme ich Ärger. Bitte. Lass uns morgen weitermachen.«

Das gefiel ihm überhaupt nicht. Jetzt, wo sie schon drin waren und so weit gekommen sind. »Kannst du nicht mal eine Ausnahme machen? Wir müssen sonst wieder so lange warten bis es dunkel ist. Bitte.«

Doch Bella schüttelte den Kopf. »Du kennst meine Eltern nicht«, sagte sie.

Enttäuscht gab er nach. Sie gingen denselben Weg zurück. Als sich die Wand schloss und sich die Büste auf ihren Ausgangspunkt zurückbewegte, öffnete sich der Brunnen, wo sie hereingekommen waren. Bella war überglücklich, dass es funktionierte und sie wieder hinauskamen. »Es tut mir leid.« Doch Matthias meinte, es wäre okay. Jeder hatte seine Laster zu tragen.

Erst dachte Bella sich nichts dabei, als er es sagte, doch je länger sie darüber nachdachte, kam ihr in den Sinn, dass auch Matthias etwas hatte, was ihm nicht guttat. Sie verabschiedeten sich. »Hey Matthias, danke für dein Verständnis. Schlaf gut. Wir sehen uns morgen. Soll ich dich wieder von der Arbeit abholen?«

Doch Matthias meinte, sie würden sich 16:30 Uhr am Brunnen treffen. Er war sichtbar sauer.

Bella kam auf die Minute zu Hause an. Da sie allerdings zum Kaffee gut gegessen hatte, aß sie nicht viel. Nach dem Abwaschen duschte sie und ging in ihr Zimmer. Sie machte sich Gedanken über Matthias. Seine Reaktion war alles andere als angenehm, als sie ihn fragte, ob sie ihn wieder von der Arbeit abholen sollte. Er war enttäuscht. Das konnte sie sich gut vor-stellen. Sie legte sich auf ihr Bett und hörte noch ein wenig Musik von Oliver Shanti. Sie bekam jedes Mal eine Gänsehaut bei seinem Gesang. Sie verlor sich ins Land der Träume und schlief ein.

9

Sie war tief und fest eingeschlafen und auch ihr CD-Player schaltete sich aus. Ihr erschien erneut die Frau mit dem königsblauen Kleid und dem Schleier. Der Schleier machte ihr mehr Angst als die Tatsache, dass sie zu ihr sprach.

»Bella, ich bitte dich um Hilfe. Bring mir mein Hab und Gut, damit ich Ruhe finden kann.« Sie verschwand wieder. Bella wollte mit ihr reden. Doch es kam kein Ton aus ihrem Mund. Sie wollte sich bewegen, doch sie konnte nicht. Was meinte Margarethe nur mit Hab und Gut? Wo sollte es sein? Nach so langer Zeit wird nichts mehr vorhanden sein, was ihr gehörte. Bella drehte sich auf die Seite und schlief wieder ein.

Am nächsten Tag hatte sie sich mit Anna und Susi verabredet. Sie wollten am Vormittag nach Leipzig zum Shoppen fahren. Das tat ihr jetzt gut. Ihr Kopf kreiste nur um das Rätsel. Sie bekam wieder eine Gänsehaut, als sie daran dachte, dass sie gestern Abend unter dem Brunnen war. Sie würde sich heute mit Matthias treffen und wieder dort einsteigen. Damit beide genug Zeit hatten, würde sie sich vom Abendessen abmelden. Sie traf sich mit Anna und Susi um halb zehn am Bahnhof. Sie freute sich, beide zu sehen.

Anna hatte Fotos vom Ausflug nach Amsterdam dabei, die sie sich anschauen konnten. Der Zug war nicht so voll. Während der Fahrt sprachen sie über die Zeit in Amsterdam und lachten. In Leipzig angekommen gingen sie zu Kaufhof und schlenderten über den Markt. Die Blechbüchse war schon lange geschlossen. Mittag wollten sie im Roma, einer Pizzeria, essen.

Susi fand für sich eine schöne Übergangsjacke, Anna holte sich Schuhe.

Bella fand für sich einen schönen Pulli und eine Jeans. Sie hatten Spaß bei der Anprobe, liefen wie Models auf dem Laufsteg durch die Gänge, die anderen Kunden schauten zu ihnen herüber. Einige schüttelten mit dem Kopf, andere lächelten. Das Verkaufspersonal sagte nichts. Sie duldeten die drei. Die Zeit verging rasend schnell.

Bella sagte: »Leute, ich habe Kohldampf. Lasst uns essen gehen.« Die anderen beiden stimmten ihr zu. Wie geplant gingen sie ins Roma. Sie hatten Glück. Es war nur noch ein Tisch für vier Personen frei. Sie stellten ihre Beutel und Rücksäcke auf den verbliebenen Stuhl und widmeten sich der Speisekarte.

»Ich könnte jetzt alles essen«, meinte Susi.

»Ich habe auch ziemlich großen Hunger«, erwiderte Anna.

»Ich esse Spaghetti mit Meeresfrüchten. Als Vorspeise nehme ich Bruschetta«, sagte Bella. Sie konnte sich immer schnell entscheiden, wenn sie essen ging. Das lag daran, dass sie sich schon vorher überlegte, worauf sie Appetit hatte. »Und wenn danach noch Platz in meinem Bauch ist, nehme ich Apfelstrudel mit einer Vanilleeiskugel als Nachtisch.« Die anderen beiden schauten sie mit großen Augen an und mussten lachen. »Du bekommst den Mund nicht voll«, meinten sie. Anna und Susi hatten sich dann auch schnell entschieden. Alle tranken Fanta dazu.

Bella sah auf die Uhr und sagte: »Ich muss bis 16:15 Uhr wieder in Delitzsch sein. Ich will mich noch um 16:30 Uhr mit jemandem treffen.«

Anna und Susi schauten sie an. »Schade. Wir dachten, wir bleiben bis heute Abend hier. Leipzig im Dunkeln ist auch reizvoll.«

Bella bekam ein schlechtes Gewissen. »Es tut mir leid. Ich kann auch allein zurückfahren und ihr bleibt noch hier. Das wäre kein Problem für mich. Bitte seid nicht sauer. Es ist wichtig, dass ich dahin gehe.« Anna und Susi winkten ab. »Ist schon okay. Wir entscheiden nachher spontan, ob wir mitkommen oder hierbleiben.« Bella war erleichtert. Sie kannte Anna und Susi noch aus ihrer Schulzeit und haben zusammen Abitur gemacht. Zu den anderen aus dem Jahrgang bestand kein Kontakt mehr. Susi begann eine Ausbildung im Einzelhandel und Anna bei der Bahn. Sie versuchten sich regelmäßig zu treffen und etwas zu unternehmen. Sie wollten auch zusammen nach Ungarn an den Balaton in den Urlaub fahren. Sie erinnerte sich, wie sie mit ihnen die Reisekataloge durchblätterte. Sie hatten ihren Spaß dabei. Es war jedoch nicht leicht, etwas zu finden. Sie haben bestimmt vier Stunden gebraucht, um zum Ergebnis zu kommen.

Als sie mit dem Essen fertig waren und bezahlten, schlenderten sie über den Peterssteinweg und gingen noch in ein Schreibwarengeschäft. Bella sah auf die Uhr. Sie wurde ein wenig nervös bei dem Gedanken, was sie heute noch vorhatte. Anna und Susi bemerkten es und sagten: »Mach' dich los, wir bleiben noch ein wenig in Leipzig. So schnell kommen wir nicht wieder her.« Ganz anders als Bella. Wegen ihrer Ausbildung fuhr sie täglich nach Leipzig. »Danke. Ihr seid lieb.« Sie drückte beide. »Danke für die schöne Zeit. Wir sehen uns – ciao!« Sie verabschiedeten sich voneinander. Bella lief zum Bahnhof. Sie hatte vergessen, wann der Zug fuhr. Daher beeilte sie sich. Die Züge fuhren nur stündlich. Sie wollte keine Stunde auf dem Bahnhof warten. Sie hatte Glück. Der Zug hatte noch fünf Minuten bis zur Abfahrt. Sie ging zum Gleis 14 und stieg ein. Sie würde zwanzig Minuten nach vier in Delitzsch sein. Dann hatte sie noch zehn Minuten, um zum Brunnen zu kommen. Da sie mit Rad zum Bahnhof gefahren war, dürfte dies kein Problem sein. Sie würde ihre gekauften Sachen einfach mitnehmen.

Der Zug kam pünktlich in Delitzsch an. Sie lief zum Fahrrad und machte sich auf den Weg in den Park. Es war schon fast düster. Sie hoffte, dass Matthias nun und nicht mehr sauer auf sie war. Pünktlich 16:30 Uhr kam sie am Brunnen an.

Matthias wartete schon.

»Hey«, rief Bella und stieg von ihrem Rad ab. Sie stellte es neben das Rad von Matthias.

»Hallo. Wo kommst du her?«, fragte er.

»Ich war mit Freundinnen in Leipzig ein wenig shoppen. Ich komme direkt vom Bahnhof.«

»Hattest du Spaß?«, meinte er. Bella nickte. »Ich habe mir sogar eine Jeans und einen Pulli gekauft«, antwortete sie und lächelte. »Wie war dein Tag?«, fragte sie ihn.

»Ach, der war gut. Ich habe im Stadtarchiv ein paar Unterlagen katalogisiert und geordnet. Wir sortieren regelmäßig um, wenn neue Unterlagen kommen.«

Matthias sah sie an und sagte, dass ihm seine Reaktion von gestern leidtat. Er wüsste, wie es ist, wenn man sich nicht an Vereinbarungen hielt. Er hatte auch strenge Eltern. Bella winkte ab und meinte, dass es okay sei. »Heute können wir länger bleiben. Meine Eltern wissen Bescheid, dass ich nicht mit ihnen esse.« Er schien sich sehr über diese Information zu freuen, denn er grinste bis über beide Ohren. Inzwischen war es finster. Matthias holte seine Taschenlampen aus dem Rucksack. Bella trug den Schlüssel um ihren Hals. Sie nahm ihn von der Kette ab und gab ihn Matthias. Sie stiegen in den Brunnen und öffneten den Weg zu dem unterirdischen Gang. Sie liefen bis zur Büste von Alfred Brumme und öffneten den Gang dahinter. Wie auch gestern schloss sich daraufhin der Eingang unter der Statue. Bella hatte auch das Etui bei sich, welches sie gestern im Ziegelstein gefunden hatten. Sicher wird dieser noch hier unten gebraucht, sonst wäre ein Hinweis dabei gewesen. Auch auf dem Schlüssel war kein Hinweis vorhanden. Sie liefen immer geradeaus. Zumindest schien es so. Manchmal hörte Bella etwas rascheln. Einmal schreckte sie zusammen.

»Das sind sicher nur Mäuse«, sagte Matthias und schmunzelte. Auf einmal machte der Gang einen Knick. Sie bogen rechts ab. Es zeigten sich Einbuchtungen, in denen einzelne Personen Platz gehabt hätten, sowohl sitzend als auch stehend. Sie schauten sich diese Einbuchtungen genauer an. Doch es war nichts Ungewöhnliches an ihnen. Sie liefen weiter. Der Gang war zu Ende. Doch es schien nicht so, als gäbe es einen Mechanismus, der dazu diente, die Wand zu bewegen, um einen neuen Gang freizulegen. Sie schauten sich an. Ihre Gedanken kreisten um den Schlüssel im Etui. Wofür könnte er sein? »Gut. Wie es scheint, müssen wir wieder aufmerksam nach etwas suchen, was auf schnellem Blick nicht erkennbar ist«, bemerkte Matthias. »Du suchst die rechte, ich die linke Wand nach Auffälligkeiten ab. Vielleicht gibt es auch Verzierungen, die wir übersehen haben. Wir schauen uns auch die Einbuchtungen genauer an. Irgendeine Bedeutung müssen sie ja haben. Vielleicht waren es auch mal Luftschächte, weil hier unten jemand gewohnt hat.« Matthias hatte Ideen, das musste sie ihm lassen. Sie wäre so allein nicht darauf gekommen. Sie wusste auch gar nicht, ob sie überhaupt alleine hier runter gegangen wäre.

Bella schaute auf ihrer Seite, ob ihr etwas auffiel. Matthias hatte recht: Die Einbuchtungen waren Luftschächte. Man konnte die Gitter oberhalb noch erkennen. Sie wurden scheinbar zugemauert, als dieser Gang geschlossen wurde. Ob jemand in der Stadt wusste, dass es diesen unterirdischen Gang gab?, fragte sich Bella.

»Hier.« rief Matthias. »Ich habe ein Bild gefunden, das wie der Kopf des Schlüssels aussieht.«

Es war eine Schleife.

»Gut. Lass uns nach einer Einbuchtung oder einem passenden Loch suchen«, sagte Bella.

Matthias holte seinen Pinsel, einen kleinen Hammer und einen kleinen Meißel aus seinem Rucksack.

Sie war beeindruckt. »Du möchtest wohl eine Ausgrabung vornehmen?«, witzelte sie.

Er schaute sie an und grinste. »Ist das keine?« Zuerst pinselte er die Stelle um die Schleife frei. Danach nahm er Hämmerchen und Meißel und zog die Linien nach. Genau in der Mitte befand sich das Loch für den Schlüssel. Bella holte ihn aus dem Etui und steckte ihn hinein. Er passte. Sie drehte ihn nach rechts. Die Wand öffnete sich. Ein neuer Raum kam zum Vorschein. Dafür schloss sich der Durchgang, durch den sie in diesen Gang gekommen waren. Bella hoffte, dass es auch anders herum funktionierte, damit sie den Gang wieder verlassen konnten. Der Raum war wie ein Zimmer eingerichtet. An der rechten Wand stand ein Bett. Am Fußende des Bettes befand sich ein Kleiderschrank. An der Wand geradeaus standen ein alter Sekretär und ein kleiner Schrank mit Schubfächern. Darüber hing ein Regal. An der Wand links von ihnen befand sich ein Bild einer sehr schönen Frau. Sie saß auf einem Stuhl, der vor dem Sekretär stand. Sie schaute auf, in Richtung Maler, wie es schien. Auf der Fensterbank stand eine Pflanze. Die Vorhänge waren schlicht. Auch das Zimmer, in dem die Frau saß, war einfach, fast ärmlich eingerichtet. Die Frau trug ihr pechschwarzes Haar zu einem lockeren Zopf gebunden. Ihre Hände lagen auf dem Tisch. Sie schrieb etwas auf die Fläche. Das Resultat war allerdings nicht gut zu erkennen. Außerdem trug sie ein königsblaues Kleid.

»Ich kenne sie«, rief Bella. »Das ist Margarethe. Die Frau auf diesem Bild sah genauso aus wie Margarethe. Sie ist mir letzte Nacht wieder erschienen.« Sollte sie mal hier gewesen sein? War es vielleicht sogar ihr Zimmer? »Vielleicht finden wir ihr Hab und Gut hier«, fügte Bella hinzu.

Matthias ging zum Kleiderschrank und öffnete ihn. Er war offensichtlich leer. Er klopfte am Schrankrücken, ob sich dort gegebenenfalls ein Hohlraum befand. Doch er war mit einem einfachen Holzbrett geschlossen. Auch die Wände und der Boden des Schranks zeigten nichts Außergewöhnliches.

Bella schaute beim Bett. Die Matratze war schon Jahrhunderte alt und auf jeden Fall etwas für das Museum. Es war ein Stangenbett. Darin konnte man nichts verstecken. »Hast du zufällig auch eine Lupe dabei?«, fragte Bella nur so.

»Du wirst lachen«, meinte Matthias. Er holte eine Lupe aus dem Rucksack. Sie lachte. Damit hatte sie gar nicht gerechnet. Sie nahm die Lupe und ging zum Bild. Auf dem Schreibtisch lag ein Zettel, auf dem etwas zu erkennen war. Es war allerdings ziemlich klein und teilweise ausgeblichen. Doch sie wollte es versuchen. Der Text war in altdeutscher Schrift verfasst. »Ich kann etwas erkennen. Allerdings ist der Text in Altdeutsch geschrieben. Da kenne ich mich nicht sonderlich gut aus. Meine Oma hat mir das mal gezeigt. Aber alles habe ich mir nicht gemerkt.« Sie gab ihm die Lupe, er las:

Wer suchet, der findet.
Das Offensichtliche ist nicht immer sichtbar.
Es ist mein Wunsch, nicht leicht erkannt zu sein,
Drum hüll' ich mich in dichte Schleier ein.

»Das passt. Margarethe erschien mir immer mit einem Schleier vor dem Gesicht. Ist vielleicht etwas auf dem Bild verborgen?«

Matthias leuchtete es an. Zu sehen waren Augen, Nase, Mund, ein Punkt, der wie ein Leberfleck aussah, Augenbrauen, zwei Haarsträhnen, die ihr seitlich über das rechte Auge hingen. Sie schien hohe Wangen gehabt zu haben. Margarethe hatte Schatten unter den Augen. Sie lächelte leicht.

Bella setzte sich auf den Stuhl, der vor dem Sekretär stand. Er knarrte kurz, doch hielt stand. Sie schaute auf das Bild, jedoch veränderte sie ihren Blick so, dass sie in die Weite sah, und so war das Gesicht nur noch verschwommen. Jetzt erkannte sie Formen, die besonders hervorgehoben waren. Sie sah eine Drei und eine Acht bei den Lippen. Die Oberlippe war die Drei und beide Lippen geschlossen ergaben die Acht. Die Nase zeigte eine Sechs. Bei den Augen war sie sich nicht sicher, ob sie etwas zu bedeuten hatten. Es waren Linien wie eine Zwei. Sie könnten aber auch eine Null darstellen.

Matthias beobachtete sie.

»Hast du zufällig auch etwas zum Schreiben mitgenommen?«, fragte Bella.

»Ja, warte. Ich habe ein Notizbuch mit Stift im Rucksack.« Er gab es ihr.

Sie schrieb die Zahlen auf. Vielleicht waren auch nur drei Zahlen im Gemälde versteckt. Sie erklärte Matthias, wo sie die Zahlen sah.

Er nickte. Er sah sie auch. Nun stellte sich wieder die Frage, wofür sie diese Zahlen brauchten.

»Ich glaube, es ist etwas an dem Sekretär. Früher hatten diese Schreibtische immer Geheimfächer«, sagte Bella. »Bestimmt sitzt sie deswegen dort auf dem Bild und hat den Text auf die Arbeitsfläche geschrieben.«

Matthias stimmte zu.

»Dann lass uns nachschauen, was wir finden können.« Matthias schaute unten, an der Seite und hinter dem Sekretär nach.

Bella blieb oberhalb. »Hier, ich habe etwas. Wir müssen uns auf den Boden legen. Dann sehen wir es besser. Das ist ein Mechanismus mit Zahlen.« Sie legten sich unter den Sekretär. Da beide recht schlank waren, passte es. Es war dennoch eng, sodass sie sich zwangsläufig berührten. Sie lächelten sich an, widmeten sich aber schnell wieder dem Schreibtisch. Sie brauchten drei Zahlen. Welche Reihenfolge sollten sie nehmen? Es gab so viele Möglichkeiten. Sie probierten es nach der Zahlenreihenfolge mit 3 6 8. Nichts geschah. Sie versuchten es rückwärts: 8 6 3. Doch der Tisch blieb weiterhin still. Sie schlossen die Augen und überlegten, jeder still für sich. Bella schaute zur Ablenkung auf die Uhr. Es war inzwischen 19 Uhr. Die Zeit verflog wahnsinnig schnell. Ihr Kopf war gerade leer. Sie fühlte sich ausgelaugt. »Hast du vielleicht ein Bonbon oder Kaugummi bei dir? Kauen hilft beim Denken«, fragte sie Matthias, der sehr ruhig und konzentriert am Boden lag.

Er drehte seinen Kopf zu ihr. »Ja, im Rucksack in der Seitentasche. Ich nehme auch einen.«

Sie brachte ihm einen Bonbon mit. Bella lief durch das Zimmer und dachte nach.

Matthias sah ihr dabei zu. Bella gefiel ihm. Sie war schlank und hatte eine sportliche Statur. Ihre Augen waren weich. Er fühlte sich gut, wenn sie ihn ansah, vergaß die vielen Sorgen, die er gerade hatte. Er sprach mit niemandem darüber, denn er wollte niemanden belasten. Doch bei Bella hatte er das Gefühl, dass sie ihm helfen könnte.

»Was starrst du so?«, fragte sie ihn und lachte.

Er erschrak, weil er gar nicht bemerkte, wie er sie merklich anstarrte.

»Ich habe eine Idee«, sagte sie. »Wenn du ein Gesicht zeichnest, malst du zuerst den Kopf, gefolgt von Augen, Nase und Mund.«

Er bestätigte.

»Also gib mal die Reihenfolge 6 3 8 ein.«

Er tat es. Es klickte und an der Seite des Sekretärs öffnete sich ein Türchen. Sie hatten es gar nicht bemerkt, als beide den Sekretär von oben bis unten musterten.

In diesem Kästchen lag ein Zettel, ein Stein mit einem Zeichen, ein Brief, ein außergewöhnlich schöner Ring sowie eine alte Münze. Sie stammte aus dem 12. Jahrhundert. In dem schwachen Licht war nicht zu erkennen, was sich auf der Münze befand. Der Stein war eine Rune. Bella interessierte sich sehr dafür und wusste daher auch einiges darüber. Es sieht aus wie ein B. Dieses Zeichen steht für Geburt. Sie nahm den Brief. Leider war auch er in Altdeutsch geschrieben. Sie gab ihn Matthias. Er konnte es perfekt.

Er las vor:

Mein Liebster.

Was haben wir getan. Wir haben uns gegen den Willen unserer Eltern vereint und geliebt. Wir werden nie heiraten und zusammen sein können. Jetzt ist Schande über mich gebracht.Ich erwarte ein Kind von dir. Es ist schön, denn es ist durch unsere Liebe entstanden ist. Doch ich werde es nicht austragen dürfenoder ich werde verstoßen. Ich werde es nicht schaffen, das Kind allein großzuzieheHilf mir jetzt in meiner Not.In voller Hingabe

Deine Margarethe

2. Januar 1604

Die Rune stand für die Geburt des Kindes. Es schien, als wollte sie es behalten. Vielleicht war der Ring von ihrem Geliebten und er wollte sie noch heiraten, bevor jeder wusste, dass sie bereits von ihm schwanger war. Dann war da noch der einfache Zettel und die antike Münze. Bella nahm den Zettel und gab ihn Matthias. Sie ahnte, dass auch er in Altdeutsch geschrieben war.

Hast gefunden Stein, Ring und Brief,
Bringe es an das Grab meines Liebsten.
Steck die Münze an ihren Ort
und nichts geht schief.

Bella und Matthias schauten sich an. Ihnen war leicht schwindelig.

»Ich glaube, die Luft wird knapp hier unten. Lass uns hoch gehen. Wir können immer wieder zurück.«

Matthias nickte. Sie gingen durch die Tür. Matthias schob sie zu und drehte den Schlüssel um. Sie hörten, wie sich die Wand bei der Büste öffnete. Zum Glück funktionierte es. In kurzer Zeit waren sie draußen und an der frischen Luft. Es war kalt und windig. Unten hatten sie davon nichts mitbekommen. Matthias gab Bella etwas zu trinken. »Wollen wir zu mir fahren? Dann können wir schauen, ob wir noch einen Hinweis auf den Namen ihres Liebsten und den Ort des Grabs finden.«

Bella war dabei; sie freute sich über das Angebot.

S ie kamen bei ihm an der Wohnung an. »Matthias, bist du das?«, fragte seine Oma. »Ja, Oma. Ich bin es. Ich habe Bella mitgebracht.« Sie gingen zusammen ins Wohnzimmer, damit Bella sich seiner Oma vorstellen konnte.

»Oh, hallo. Matthias hat schon von dir erzählt. Er hat kaum Kontakte in Delitzsch, musst du wissen.« Sie schaute ihren Enkel liebevoll an. »Wollt ihr etwas essen? Ich kann euch Schnittchen schmieren.« Beide waren hungrig. »Ja, gern«, sagte er. Sie verzogen sich in sein Zimmer und holten die Gegenstände aus dem Kästchen, in welches sie sie gelegt hatten. Das Licht war hier auf jeden Fall besser, sodass sie sich die Gegenstände genauer ansehen konnten.

Matthias nahm den Ring. Wie viel er wohl wert war? Er sah zumindest ziemlich kostbar aus. Er drehte ihn im Licht. Außen fiel ihm nichts auf. Drinnen jedoch fand er eine Gravur. Jacob Müller, 1604. Das war die Gravur. War das der Name ihres Liebsten? Hatte er ihr 1604 den Ring geschenkt? Der Brief war auch auf dieses Jahr hin datiert.

Oma brachte die Schnittchen und leckeren Kräutertee.

»Danke«, sagte Bella.

»Sie ist reizend«, meinte sie zu Matthias, als sie wieder raus war. »Ja. Ich möchte mir gar nicht ausmalen, was wäre, wenn sie nicht mehr ist.« Der Gedanke schien ihm sehr weh zu tun.

»Bella, ich habe eine Idee. Wir müssen ins Register der Verstorbenen in Delitzsch schauen. Das wird schon über Jahrhunderte geführt. Dann wissen wir auch, wo Jacob beerdigt wurde. Erst dann können wir weitermachen.« Bella sah ihn an und nickte. Im Moment kamen sie nicht weiter. Während sie die Schnittchen aß, schaute sie sich im Zimmer um. Es war eher wie ein Schlauch. An der linken Wand standen ein Bett und zwei Schränke. Einer davon war der Kleiderschrank. Auf der gegenüberliegenden Seite stand ein Schreibtisch, ein Phonoschrank und darauf der Fernseher. Er war nicht sonderlich groß. An der Wand hing ein Regal mit Büchern. Es waren sehr unterschiedliche Exemplare. Sachbücher, Phantasie, Horrorgeschichten und historische Werke. »Liest du viel?«, fragte sie ihn.

»Ja. Ich lese gerne. Ich habe mich jetzt auch in der Bibliothek angemeldet. Man muss sich ja nicht alle Bücher kaufen.«

Sie lächelte. »Ja, ich bin auch Mitglied in der Bibliothek. Ich lese auch viel, auch sehr unterschiedliche Bücher.« Jetzt fiel ihr ein, dass an der Wand im Zimmer von Margarethe auch ein Regal hing, auf dem Bücher standen. »Sag mal, hast du dir die Bücher im Regal von dem Raum angesehen, wo wir heute waren?«

Matthias schüttelte mit dem Kopf. »Nein. Das hatte ich noch vor. Doch wir haben so lange mit dem Sekretär gebraucht und dann wurde die Luft knapp. Lass uns am besten morgen Abend nachsehen. Vielleicht finden wir auch dort einen Hinweis über den Verbleib von Jacob.«

Gute Idee, fand Bella. Morgen war Samstag. Leider mussten sie immer warten, bis es dunkel war, damit sie nicht aufflogen. Aber das passte ganz gut. Bella musste Samstag früh immer die Wohnung putzen. Da hatte sie sowieso keine Zeit. Außerdem hatten sie auch wieder die kleine Hausordnung. Da ging der ganze Vormittag drauf. Danach wollte sie mit ihrer Mutter Einkaufen fahren.

»Was wollen wir jetzt noch machen?«, riss Matthias sie aus ihren Gedanken.

Sie schaute auf die Uhr. Es war 21 Uhr. »Wir könnten noch ein wenig draußen umherlaufen oder wir schauen, was im Fernsehen läuft. Vielleicht hat deine Oma auch Lust auf ein Kartenspiel?«

Er schaute sie an und plötzlich änderte sich sein Gesichtsausdruck. »Entschuldige. Es ist doch besser, wenn du jetzt gehst. Ich hatte einen anstrengenden und langen Tag.«

Sie sah ihn an und wunderte sich über diese spontane Änderung seines Gemüts. »Klar. Kein Problem. Ich mache mich los. Schlaf' schön. Wir sehen uns morgen wieder um 16:30 Uhr?«

Er nickte.

Sie nahm die Jacke und ihren Rucksack mit der neuen Jeans und dem Pulli, verabschiedete sich von Matthias und seiner Oma und ging.

Er schloss hinter ihr die Tür.

Auf dem Weg nach Hause fragte sie sich, was sie falsch gemacht hatte. Hatte sie etwas Falsches gesagt? Diese Gefühlsänderung von einer Sekunde zur anderen kam ihr komisch vor. Irgendetwas stimmte nicht mit ihm. Wenn sie so darüber nachdachte, kannte sie ihn im Grunde auch überhaupt nicht. Sie wollte ihn morgen vorsichtig fragen, ob alles in Ordnung war.

Samstag, 05.01.

Der Vormittag verging recht schnell, weil Bella viel zu tun hatte. Während ihrer Arbeit verlor sie sich in ihre Gedanken an die letzten Tage. Sie hätte das alles aufschreiben sollen, dachte sie. So beschloss sie, sich nach dem Mittag hinzusetzen und alles aufzuschreiben. Bis 16:30 Uhr hatte sie genug Zeit. Erst kürzlich hatte sie sich ein Heft gekauft. Direkt nach dem Mittag fing sie an. Sie war bis 16 Uhr beschäftigt und legte das Heft dann zu den Kästchen und den anderen Utensilien in ihren Schrank. Sie schob es hinter ihre Hosen, wo es keiner sehen würde.

Sie meldete sich für das Abendessen ab und machte sich auf den Weg. Weil sie noch Zeit hatte, überlegte sie Matthias abzuholen. Doch dann fiel ihr seine gestrige Reaktion wieder ein. Sie wartete lieber am Brunnen auf ihn. Sollte sie ihn fragen, was gestern los war? Nein, sie traute sich nicht und es ging sie auch gar nichts an. Er würde es ihr schon erzählen, wenn er das wollte. Sie wartete an der Bank, wo sie sich schon gestern getroffen hatten. Es war frisch. Der Wind blies ihr in den Hals. Sie machte ihren Mantel bis oben zu und legte den Schal darum. Wo mochte er bleiben? Es war nun fast 17 Uhr. War etwas passiert? Sie wollte warten. Sollte er nicht 17 Uhr kommen, würde sie zu ihm fahren. Gerade, als sie auf das Rad steigen wollte, kam er.

»Entschuldige die Verspätung. Ich hatte noch etwas zu tun.«

Sie schaute ihn an. »Alles okay?«

Er antwortete: »Ja, es ist alles in Ordnung. Lass uns runtergehen. Ich habe leider nicht so viel Zeit heute.«

Sie fand, dass er sich merkwürdig benahm. Sie öffneten den Gang, stiegen hinab und gingen bis in das Zimmer, in dem sie auch gestern gewesen sind. Es verlief alles so wie die letzten Male. In dem Regal standen fünf Bücher. Leider konnte sie die Schrift nicht entziffern. Sie nahmen jeweils ein Buch und blätterten darin. In einem der Bücher befand sich ein Bild eines Mannes. Auf der Rückseite stand der Name: Jacob. Das musste ihr Geliebter gewesen sein. Weiter fand sich nichts in dem Buch. In dem Buch, welches Matthias hatte, war nichts zu finden. Sie sahen sich auch die anderen Bücher an. Aus einem fiel ein Schein. Er hatte die Größe einer Buchseite und war in der Mitte einmal gefaltet. Matthias nahm den Zettel vom Boden und las: »Totenschein.« Er sah Bella an. Sie bekam leichte Gänsehaut. »Lies weiter. Was steht da noch?« – »Totenschein. Name: Jacob Müller, gestorben am 02.01.1604 an Herzversagen.«

Das war auch der Tag des Briefes. Sie schauten sich an. »Deshalb hat ihn der Brief nie erreicht, weil er an dem Tag starb. Dann wusste er vielleicht auch gar nichts von der Schwangerschaft Margarethes. Wie grausam«, sagte Bella. »Warte, hier steht noch, wo er beerdigt wurde. Und zwar auf dem Friedhof der Marienkirche.«

»Gut. Da könnten wir direkt morgen früh hin, zum Gottesdienst. Den Friedhof gibt es als solches nämlich nicht mehr«, rief Bella.

Matthias sah sie an und meinte, dass er morgen nicht mitkommen könne.

Bella sah ihn an und fragte ihn erneut: »Ist wirklich alles okay bei dir?«

Er schaute nach unten und meinte, dass er im Moment noch andere Sorgen habe, aber nicht darüber sprechen möchte.

»Okay, das ist kein Problem«, meinte Bella. »Ich hoffe, dass deine Sorgen bald vorbei sind. Ich werde morgen in die Kirche gehen und nach dem Gottesdienst mit dem Pfarrer sprechen. Möglicherweise weiß er, was mit den Toten aus den Gräbern passiert ist.« Matthias war heute gar nicht so richtig bei der Sache, sein Schweigen machte ihr Angst.

»Okay, lass uns wieder rausgehen. Ich denke, wir haben nun alles.« Matthias meinte, dass er gleich käme, er brauche nur noch eine kurze Weile Zeit. Er saß auf dem Bett und schaute auf den Boden.

Bella konnte es nicht einschätzen, was das zu bedeuten hatte. Sie wartete an der Tür. Nach einer Weile kam Matthias. Sie schlossen die Tür und gingen zurück. Als sie wieder draußen waren und die Statue an ihrem Platz stand, sah Matthias Bella an und meinte, er müsse jetzt fahren. Sie solle sich jedoch keine Gedanken machen. Es hatte nichts mit ihr zu tun. Er bat sie, ihm zu glauben. Sie könnte ihn morgen gen 17 Uhr besuchen und erzählen, was der Pfarrer gesagt hat. »Matthias, kein Problem. Mache dir wegen mir keine Gedanken. Wenn du es mir erzählen willst, ich höre dir zu. Aber ich dränge dich nicht. Wenn du bereit bist, dann sag es einfach.« Als er sie ansah, glaubte sie, Tränen in seinen Augen zu sehen. Sie verabschiedeten sich und jeder fuhr in seine Richtung.

Bella wollte noch nicht nach Hause. Also fuhr sie mit dem Rad in den Park, wo sie sich wieder auf ihre Lieblingsbank setzte. Sie dachte an die letzten Tage nach der Trennung von Tom. Im Moment ging es ihr gut, denn sie konnte sich mit der Schnitzeljagd recht gut ablenken. Auch hatte sie einen netten jungen Mann an ihrer Seite, der sie bei ihrem Vorhaben unterstützte. »Was ist nur mit Matthias?«, wisperte sie vor sich hin. Sie hatte Angst, dass er das Interesse an der Suche verliert und nicht mehr dabei sein will, auch wenn er etwas anderes gesagt hat. Sie lehnte sich an und schloss die Augen. In ihrem Kopf kreisten so viele Gedanken um Tom, um Matthias, um Margarethe und um die Suche. Es war teilweise alles klar, aber auch wieder nicht. Bis jetzt hatte sie noch keine Hinweise zu den Verzierungen auf dem Schlüssel gefunden, mit dem alles begann. Auch sind sie während der Suche auf nichts in der Art gestoßen. Es wurde langsam frisch. Sie beschloss nach Hause zu fahren und etwas zu essen. Heute Abend war sie noch mit Susi und Anna verabredet. Sie wollten tanzen gehen. Sie überlegte gleich von der Disco aus in den Gottesdienst zu gehen. Allerdings wusste sie nicht mal, um welche Uhrzeit dieser begann. Also fuhr sie zur Kirche und hoffte, dass ein Schaukasten mit einem Aushang dort aufgebaut war. Sie hatte Glück. Der erste Gottesdienst war um 08:30 Uhr. Mal sehen, wie sie es schaffte. Sie wollte nicht auf den zweiten Gottesdienst warten. Sie musste schließlich mal weiterkommen. Die kommende Woche ging sie wieder regulär arbeiten. Da könne sie immer zum Feierabend beginnen oder Matthias um Unterstützung bitten, wenn dieser weiter mitmachen wollte.

Sie fuhr nach Hause, aß etwas und machte sich für die Disco fertig.

Früh um 4 war sie zu Hause. Sie wollte noch bis 8 Uhr schlafen und dann gleich zum Gottesdienst fahren. Ihr Wecker klingelte, sie machte sich fertig, packte die Utensilien ein und schrieb ihren Eltern, dass sie zum Frühstück nicht da sein würde. Müde war sie, die kalte Winterluft half dagegen. Sie erschien pünktlich zum Gottesdienst, es waren nicht viele Menschen da, die meisten gingen in die Kirche St. Peter und Paul oder in die katholische Kirche. Es war ziemlich kalt, die Bänke waren sehr unbequem. Sie saß kerzengerade. Vor ihr lag ein Gesangsbuch. Der Pfarrer begann seine Rede. Bella hatte sehr mit ihrer Müdigkeit zu kämpfen und hoffte, dass der Gottesdienst nicht ewig dauern würde. Sie sollten jetzt aufstehen und den Psalm von Seite 8 mitsingen. Bella tat nur so. Sie kannte das Lied nicht. Sie summte. Nach einer reichlichen Stunde verabschiedete sich der Pfarrer und wünschte einen gesegneten Sonntag. Endlich. Bella musste unbedingt mit ihm reden. Als alle die Kirche verließen, ging Bella auf den Pfarrer zu. »Hallo. Ich bin Bella. Ich habe eine ungewöhnliche Frage an Sie.«

Der Pfarrer schaute sie an und nickte.

»Können Sie mir sagen, was mit den Gräbern passiert ist, die auf dem Friedhof waren, der zu dieser Kirche gehörte?«

Er hob seine Stirn und schaute sie mit großen Augen an. »Welch ungewöhnliche Frage. Warum willst du das wissen?«

Bella sagte ungeduldig: »Ich muss das Grab von Jacob Müller finden. Er ist am 2. Januar 1604 gestorben und wurde hier beerdigt. Das stand zumindest auf seinem Totenschein.«

Der Pfarrer schaute sie an und wusste nicht, was er sagen sollte.

»Bitte. Es ist wichtig. Ich bin kein Grabräuber oder ähnliches. Ich brauche diese Information nur im Zusammenhang mit einer Recherche für den Ethikunterricht.«

Der Pfarrer sah sie weiterhin erstaunt an.

»In der Berufsschule«, schob sie gleich hinterher.

Der Pfarrer schüttelte den Kopf. Irgendwie schien er es ihr nicht zu glauben. »Na komm. Ich will dir etwas zeigen. Aber das mache ich nur, weil ich glaube, dass du ehrlich bist und nicht vorhast, der Kirche zu schaden.«

Bella atmete auf und bedankte sich beim Pfarrer.

Er lief ihr voraus in Richtung Altar. Vor dem Altar bog er rechts ab, wo es eine Treppe nach unten ging.

Bella blieb kurzzeitig stehen, ihr war mulmig zumute.

»Kommen Sie. Keine Angst. Ich zeige Ihnen ein paar der Gräber, die wir von damals noch haben. Einige Personen wurden nämlich im Keller der Kirche beerdigt. Es war immer vom gesellschaftlichen Stand der Gestorbenen abhängig, wo sie beerdigt wurden. Ihr Jacob Müller war Sohn eines großen Gutsherrn in dieser Stadt.« Sie waren da. Der Pfarrer schaltete das Licht an.

»Wahnsinn«, schoss es aus Bella heraus. Sie sah eine Wand voller Urnengräber. »Ich dachte, damals wurden die Menschen nicht verbrannt. Schließlich war es ziemlich teuer«, meinte Bella.

»Doch, einige schon.« Er lief in den hinteren Teil des Raums. Je weiter hinter man ging, desto älter wurden die Gräber. Er blieb an dem Urnengrab von Jacob Müller stehen. Auf der Platte, die wie eine Fliese aussah, war eine Aussparung zu erkennen, sie hatte etwa die Größe einer Münze.

»Darf ich hier kurz eine Weile allein bleiben und mir ein paar Daten aufschreiben? Ich würde das Grab auch gern abzeichnen, wenn das geht.«

Der Pfarrer sah sie misstrauisch an.

»Ich verspreche Ihnen, ich mache nichts kaputt.«

Er meinte: »Ich bin nicht weit weg. Also komme nicht auf dumme Gedanken.«

Bella nickte.

Sie wartete bis der Pfarrer aus dem Raum war. Sie hatte die Fundstücke aus Margarethes Zimmer in ein weißes Tuch gewickelt in ihre Jackentasche getan. Jetzt holte sie das Tuch heraus und legte es mit allem anderen auf den Boden. Sie nahm die Münze und steckte sie in die Aussparung. Nichts passierte. Sie nahm die Münze und legte sie mit der anderen Seite rein. Auch hier geschah nichts. Mist. Sie legte die Münze zurück auf das weiße Tuch. Dabei landete sie auf dem Ring. Sie hatte dieselbe Größe wie er. Sollte es der Ring sein, der eingesetzt werden musste? Sie probierte es. Sie legte den Ring rein und drückte ihn fest. Es klickte und die linke Seite der Fliese öffnete sich. Bella konnte nun das Grab öffnen. In dem Grab standen zwei Urnen, obwohl nur ein Name auf der Fliese stand. War es die Asche von Margarethe, die im Tode zu ihrem Liebsten zurückkam? Bella musste sich beeilen. Sie legte alles in das Urnengrab, den Runenstein, die Münze, den Brief und auch den Ring. Sie löste ihn von der Fliese. Nun hatte Margarethe alles bei sich und fand in der Ewigkeit ihre nötige Ruhe. Ein wenig enttäuscht war Bella schon. Es war nichts anderes im Grab zu finden, kein Zettel, kein Gegenstand, der sie auf den nächsten Ort hinweisen könnte. Als sie gerade die Fliese schließen wollte, sah sie es auf deren Innenseite. Es war ein Text oder Zeichen darin graviert. Zum Glück hatte sie etwas zum Schreiben. Denn auf die Schnelle konnte sie nichts damit anfangen. Allerdings sah sie auch das Abbild einer Münze, das sehr ihrer Münze glich. Sollte diese nicht mit ins Grab? Sie las erneut den Hinweis, den ihr Matthias von der altdeutschen Schrift übertragen hatte. Dort stand nichts davon, dass die Münze mit ins Grab gegeben werden musste, nur der Ring, der Stein und der Brief. Dann würde sie die Münze bestimmt noch brauchen. Sie nahm sie aus dem Grab und steckte sie in ihre Geldbörse. Auf den Zettel übertrug sie Folgendes:

MCCCXCIV
Ein letzter Wunsch, ein letzter Segen
dann folgte der Degen. Sünde wurde bestraft.
Das Leben endete grauenhaft.

Bella kontrollierte schnell, ob sie alles bei sich hatte. Es fand sich nichts mehr auf der Innenseite der Fliese. Also schloss sie sie wieder. Es klickte. Nun könnte sie nicht mehr nachschauen, ob sie doch etwas übersehen hatte.

Der Pfarrer kam.

Bella steckte alles ein und sagte: »Ich bin gerade fertig geworden. Sie sehen, es ist alles an seinem Ort. Sie können auch in meinen Rucksack schauen und prüfen, wenn sie möchten.«

Der Pfarrer lächelte und sagte, dass es schon in Ordnung sei. Sie verließen gemeinsam den Keller. Bella verabschiedete sich und dankte ihm für sein Vertrauen und seine Güte. Sie wollte jetzt nach Hause. Es war 10 Uhr. Sie wollte sich bis zum Mittag hinlegen und noch ein wenig schlafen. Sie hoffte, dass Margarethe ein weiteres Mal erscheinen würde. Am späten Nachmittag wollte sie zu Matthias fahren und ihn über ihr Ergebnis informieren. Vielleicht weiß sie bis dahin, was dieser Text bedeutete, der auf der Fliese stand.

Als sie zu Hause ankam, waren ihre Eltern sichtlich sauer.

»Wo treibst du dich in letzter Zeit immer rum? Du bist zum Frühstück nicht da und auch immer weniger zum Abendessen.«

Bella wusste gar nicht, warum sie sich so aufregten, sie sagte doch immer Bescheid. »Ich treffe mich mit Leuten«, sagte sie. Es war nicht gelogen. »Außerdem muss ich raus. Die Trennung von Tom ist mir ziemlich nahe gegangen. Wenn ich draußen bin, kann ich mich ablenken.« Das entsprach nicht ganz der Wahrheit. Aber sie wollte ihren Eltern nichts erzählen. Sie würden es nicht verstehen.

Nachdem sie gegessen und geschlafen hatte, setzte sie sich an das neue Rätsel, was sie lösen musste. Die oberen Buchstaben verband sie mit den römischen Ziffern. Glücklicherweise hatte sie ihr Tafelwerk aufgehoben. Sie schaute nach. MCCCXCIV konnte sie so als Zahl nicht finden. Also musste sie sich die Buchstaben und Ziffern zusammensuchen.

M = 1000
C = 100
XC = 90
IV = 4

Das C kam dreimal vor. Dementsprechend stand es für dreihundert. Die gesuchte Ziffer war also 1394. Gut. Und nun der Spruch.

Ein letzter Wunsch,
ein letzter Segendann folgte der Degen.
Sünde wurde bestraft.
Das Leben endete grauenhaft.

Der letzte Teil ließ darauf schließen, dass es um eine Bestrafung ging. Vielleicht wurde jemand zum Tode verurteilt, weil er eine Straftat begangen hat. Hatte es mit Jacob zu tun? Schließlich stand der Text auf der Innenseite seines Grabverschlusses. Alles deutete auf

einen Ort hin, an dem die Schuldigen auf ihre Hinrichtung warteten. Vor der Hinrichtung konnten sie
um Vergebung bitten und einen letzten Wunsch äu-
ßern. Doch wo war solch ein Ort? Bella hatte keine
Idee. Sicher wies die Jahreszahl darauf hin, welches
Gebäude gemeint war. Sie wollte gerade in ihrem Buch
über Delitzsch blättern, als sie auf die Uhr sah. Es war
fast 17 Uhr. Sie wollte doch noch zu Matthias und ihm
berichten und zeigen, was sie gefunden hatte. Sie zog
sich an, sagte ihren Eltern, dass sie zum Abendessen
nicht da sein würde und ging. Sie waren wenig begeistert. Kurz nach 17 Uhr kam sie bei Matthias an. Er
sah heute nicht gut aus. Vielleicht ist er krank.

»Hey«, sagte er etwas zurückhaltend.

Bella schaute ihn an. »Ist es okay für dich, dass ich da
bin, oder soll ich wieder fahren? Du siehst nicht gut aus.«

Matthias grinste. »Nein, bleib. Du lenkst mich ein
wenig ab.« Er ließ sie in die Wohnung. Nachdem sie
kurz mit seiner Oma gesprochen hatte, gingen sie in
sein Zimmer.

Sie erzählte ihm vom Gottesdienst und den an-
schließenden Ereignissen, dass sie zwei Urnen im
Grab gefunden hatte und auf der Innenseite der Fliese ein Text stand. Sie habe den Ring, den Runenstein
und den Brief in das Grab gelegt. Die Münze hatte sie
wieder mitgenommen. Sie hätte das Gefühl gehabt, sie
bräuchte sie noch. Das Grab ließ sich auch nicht mit

der Münze, sondern mit dem Ring öffnen, meinte sie.

»Gut«, meinte er.

Sie zeigte ihm den Text, den sie abgeschrieben hatte.

Nachdem er ihn gelesen hatte, sagte er, dass die Buchstaben in der oberen Zeile römische Ziffern waren.

Bella bejahte es und zeigte ihm die Zahl 1394. »Der restliche Text weist auf ein Gefängnis oder ein Verlies hin, wo die Verurteilten auf ihre Hinrichtung warteten. Zumindest ist das meine Idee.«

Matthias nickte. »Ja, das könnte passen.« Er stand auf und nahm sich ein Buch. Er war wackelig auf den Beinen. Deswegen setzte er sich auf einen Stuhl, während er blätterte. »Ich denke, dass es in einem der Türme oder im Schloss ein Verlies gegeben haben muss. Die Jahreszahl ist bestimmt wichtig, um zu wissen, um welches Gebäude es sich handelt.« Plötzlich stoppte er. »Hier, ich habe es! Es ist der Hallische Turm. In der Turmsohle gab es damals tatsächlich ein Verlies.« Er gab Bella das Buch, damit sie sich das Bild ansehen konnte.

»Woher hast du dieses Buch?«, frage sie ihn.

»Meine Oma hat es sich damals gekauft. Sie ist in Delitzsch geboren und wohnt seitdem hier. Sie liebt ihre Stadt. Es sind wirklich interessante Informationen und schöne Bilder darin.«

Das konnte Bella nur bestätigen. »Nur wie wollen wir da hineinkommen?«, fragte sie ihn. »Der Turm ist ja nicht jeden Tag geöffnet.«

Er erwiderte, dass man bei der Stadt anrufen könne, um einen Besichtigungstermin zu vereinbaren. Das klang gut.

»Hast du eine Telefonnummer für mich? Ich würde mich gleich morgen kümmern«, sagte sie.

Er ging zu seinem Schreibtisch und schrieb ihr die Nummer aus seinen Unterlagen. Als er damals die Ausbildung bei der Stadt begonnen hatte, bekam er alle wichtigen Nummern, da er jede Abteilung durchlaufen würde.

»Ab morgen gehe ich wieder arbeiten. Ich würde einen Termin am Nachmittag machen, am besten Donnerstag oder Freitag. Da habe ich Berufsschule.«

Matthias schaute sie an. »Freitag ist ungünstig. Das ist in der Stadt der kurze Arbeitstag. Versuche es am Donnerstag.« Er ging zu seinem Bett und legte sich hin.

»Soll ich dir was bringen oder deine Oma holen?« Bella war sehr besorgt.

Er sprach überhaupt nicht darüber, was ihn schwächte.

»Nein. Danke. Es wäre aber schön, wenn du jetzt gehen würdest. Ich muss schlafen.«

Sie packte ihre Sachen zusammen.

»Gute Besserung!«, wünschte sie ihm und ging, nachdem sie sich auch von der Oma verabschiedet hatte. Sie machte sich Gedanken um den Zustand von Matthias. Von heute auf morgen ging es ihm schlecht.

Hatte er eine Grippe? Aber dann hätte er sie nicht reingelassen. Hatte er sich vielleicht erkältet, als sie an dem einen Abend so lange am Brunnen waren? Sie wollte morgen unbedingt nach ihm sehen. Als sie zu Hause ankam, war es genau 18 Uhr. Sie konnte zu Abend mitessen. Sie freute sich auf morgen. Endlich sah sie ihre Arbeitskollegen wieder. Sie war gerade in einer Abteilung eingesetzt, wo die Kollegen sie einbezogen, als wäre sie ein vollwertiges Teammitglied. Das war nicht überall so.

13

Der Wecker klingelte. Es fiel ihr schwer, aus dem Bett zu kommen. Sie hatte sich an das lange Schlafen gewöhnt. Sie wusch sich, zog sich an, machte ihr Frühstück, packte ihre Sachen zusammen und nahm die Telefonnummer mit, die Matthias ihr gegeben hatte. Wie es ihm wohl heute ging? Sie würde heute auf jeden Fall zu ihm fahren. Der Tag auf der Arbeit verging sehr schnell. Sie hatte ihre Aufgaben, die sie erledigen musste. Die Kollegen wollten wissen, wie sie ihre Zeit verbracht hatte. Erst hatte sie überlegt, von dem Schlüssel und dem Kästchen zu erzählen und was sich daraus entwickelt hatte. Doch sie wagte es nicht. Sie hatte Angst, ausgelacht zu werden. Allerdings erzählte sie ihnen, dass Tom sie verlassen hatte. Ihr kamen dabei erneut die Tränen, denn es war das erste Mal, dass sie richtig von der Trennung erzählen konnte. Als sie damals Susi und Anna von der

Trennung berichtete, hatte sie eine andere Reaktion er-
hofft als jene, die sie ihr entgegengebracht hatten. Deswegen erzählte sie nicht weiter davon. Bei ihren Kollegen fühlte sie sich gut aufgehoben. Ihre Ausbildungs-
beauftragte nahm sie in den Arm und meinte, dass der
Schmerz zur Liebe dazugehöre. Es sei selten, dass die
Jugendliebe eine feste Beziehung wird. Der Chef saß
auch in der Runde. Er ging zum Kühlschrank und holte
eine Flasche Sekt, die noch von Weihnachten übrig
war. »Pass auf. Wir trinken jetzt ein Gläschen Sekt.
Wir trinken auf uns, auf unsere Gesundheit. Du wirst
eine neue Liebe finden.« Bella musste schmunzeln. Sie
war in dem Moment so dankbar und wünschte sich,
dass ihre Eltern genauso wären. Sie war mit Tom vier
Jahre zusammen gewesen. Jedoch gab es bereits einen
Bruch, als sie mit der Ausbildung begann und er die
12. Klasse besuchte. Beide entwickelten sich und gingen ihren eigenen Weg. Es passte nicht mehr so ganz.
Trotzdem schmerzte es, wenn der Mensch nicht mehr
da war, den man die meiste Zeit um sich hatte. Nach
der Frühstückspause rief sie bei der Stadt Delitzsch an.
Sie erreichte sofort jemanden und konnte sogar einen
Termin für diesen Donnerstag um 16 Uhr bekommen.
Bella war glücklich. Das lief wie am Schnürchen. Sie
hatte sich vorgenommen, bis dahin das Buch zur Delitzscher Geschichte aus der Bibliothek intensiver zu

lesen. Schließlich musste sie noch herausbekommen, was die Gravur auf dem Schlüssel bedeutete.

Nach Feierabend fuhr sie zu Matthias. Sie wollte schauen, wie es ihm ging.

Seine Oma öffnete die Tür. Sie sah traurig aus. »Hallo Bella. Sicherlich möchtest du zu Matthias. Er ist leider nicht hier. Er musste gestern Abend vom Notarzt abgeholt werden. Es ging ihm gar nicht gut. Er liegt im Krankenhaus auf der Intensivstation. Mehr kann ich noch nicht sagen. Sie müssen ein paar Tests machen.« Bella fasste sich erschrocken mit beiden Händen vors Gesicht. Sie wusste nicht, was sie denken oder fühlen sollte. Sie nahm Matthias' Oma in den Arm. Bella merkte, dass es ihr guttat, dass jetzt jemand da war, mit dem sie darüber reden konnte. »Möchtest du reinkommen?«, fragte sie.

»Gern«, sagte Bella. Sie setzten sich in die Stube.

Die Oma holte ihr etwas zu essen. Sie hatte noch Kartoffeln, Blumenkohl und eine Bulette vom Mittag übrig. »Ich heiße übrigens Ruth. Ich koche immer mehr, damit Matthias am Abend etwas Warmes zum Essen hat. Er ist ein guter Junge. Er lebt schon lange bei mir. Seine Eltern sind bei einem Autounfall ums Leben gekommen. Da war er 12 Jahre alt. Er war bei mir. Seine Eltern kamen aus dem Urlaub zurück und wollten ihn abholen. Jemand nahm ihnen die Vorfahrt. Sie verstarben direkt am Unfallort. Der Verursacher des Unfalls überlebte. Allerdings starben seine Frau und seine Tochter ebenfalls bei dem Unfall. Es war ein schlimmer Tag. Ich habe Angst, dass ich ihn jetzt auch noch verliere. Er hat so viel von seiner Mutter. Sie war meine Tochter. Wenn ich ihn sehe, sehe ich auch viel von ihr.«

Bella bekam eine Gänsehaut. Jetzt konnte sie sich auch erklären, warum er nicht so viel erzählte und auch sonst sehr zurückhaltend war.

Ruth holte ein Fotoalbum aus ihrem Schrank. »Schau, das ist er. Da war er gerade geboren. 06.11.1976. Er war so ein süßes Kind. Er schrie wenig. Und das ist seine Zwillingsschwester.« Ruth holte sich ein Taschentuch.

Bella legte den Arm um ihre Schulter. »Wo ist die Schwester heute?«, fragte Bella. »Sie ist leider mit vier Jahren verstorben. Es fing harmlos an. Doch dann stellte sich heraus, dass sie Leukämie hatte. Sie konnten keinen passenden Spender finden. Die Kleine hieß Eva. Sie starb an Matthias' Geburtstag. Deswegen will er ihn auch nicht feiern.«

Bella schüttelte den Kopf, die Familie unterlag einem schlimmen Schicksal. Bella kam ein Gedanke, doch sie wollte ihn nicht aussprechen und Ruth beunruhigen. »Das ist traurig. Ich habe bis jetzt niemanden aus meiner Familie verloren. Ich habe Angst vor dem Tag, an dem ich meine Oma verabschieden muss. Sie ist mein Halt. Leider wohnt sie weit weg, dass ich sie nicht häufig besuchen kann. Sie ist krank und wird von meinem Onkel gepflegt.«

»Ach, mein Kind.« Sie fasste Bella liebevoll an den Arm.

Bella war fertig mit dem Essen. Es hatte sehr gut geschmeckt, fast so wie bei ihrer eigenen Oma. »Hat Matthias eigentlich schon mal von mir erzählt?«, fragte sie Ruth. Sie wollte von der traurigen Stimmung wegkommen.

Ruth schaute Bella an und lächelte. »Du musst wissen, Matthias hatte bis jetzt noch keine Freundin. Er wollte niemanden an sich heranlassen, weil er Angst davor hatte, verletzt zu werden. Doch bei dir ist das anders. Er spricht in den höchsten Tönen von dir. Es gefällt ihm, dass er sich bei dir so ungezwungen verhalten kann, dass er nicht darüber nachdenken muss, was er sagt und tut. Das ist doch sonst bei Mädchen immer ganz anders. Sie sind immer so schnell beleidigt, wenn der Junge nicht das sagt, was sie gerade hören wollen.«

Bella fühlte sich geschmeichelt. Wenn das wirklich so war, zeigte er es ihr nicht.

»Er war die Tage immer total aufgeregt, wenn er wusste, dass ihr euch trefft. Er konnte es kaum abwarten und schaute ständig auf die Uhr.«

Bella schmunzelte. Ihr ging es ähnlich.

»Du tust ihm gut, Bella. Er wird von seinen dunklen Gedanken abgelenkt. Er ist seit eurem Zusammentreffen viel lebendiger als sonst. Jedes Mal wenn ich ihm sagte, er solle mal rausgehen und sich mit den Leuten aus der Schule oder von der Arbeit treffen, wollte er nicht. Er meinte, er möchte mit denen nichts zu tun haben.«

Bella wurde traurig. Sie konnte sich gar nicht ausmalen, wie es Matthias ging, was er nach dem Tod seiner Eltern durchmachte. Ihm war gewiss ein Stück Kindheit verloren gegangen.

»Möchtest du noch einen Tee?«, fragte Ruth.

Doch Bella musste nach Hause. »Danke, aber ich muss los. Sehen Sie Matthias morgen? Würden sie ihm einen schönen Gruß von mir bestellen?«

»Aber gern. Ich danke dir.« Sie verabschiedeten sich. Bella ging es gar nicht gut, als sie nach Hause fuhr. Ihr liefen die Tränen über die Wangen, sodass sie kaum sehen konnte, wo sie lang fuhr. Es war für sie unverständlich, wie ein Mensch so viel Schmerz und Leid aushalten konnte.

Die Tage vergingen schnell. Inzwischen war es schon Donnerstag. Die Schule war ein Leichtes für sie. Ihre Klassenkameraden mochte sie nicht. Sie waren speziell. Aber für zwei Tage die Woche ließ es sich aushalten. Sie war ganz aufgeregt wegen heute Nachmittag. Um 16 Uhr würde sie in den Hallischen Turm gehen und sich nach dem Verlies erkundigen. Sie hoffte auch, dass sie eine gewisse Zeit für sich allein sein würde, damit sie es gut durchsuchen konnte. Sie brauchte einen neuen Hinweis. Außerdem wollte sie sich bei Oma Ruth nach Matthias erkundigen. Sie hoffte, dass es ihm besser ging und er vielleicht schon wieder zu Hause war.

16 Uhr. Sie stand vor dem Eingang des Hallischen Turms. Die Mitarbeiterin der Stadt war ebenfalls

pünktlich. »Danke, dass Sie das Treffen so schnell ermöglichen konnten«, begrüßte Bella sie.

Die Frau dankte ihr mit einem Lächeln. »Ich schließe Ihnen auf. Sie können für 30 Minuten den Turm besichtigen. Ich warte hier. Auf jeder Etage finden Sie Erklärungen. Das Verlies finden Sie unterhalb. Da müssen Sie die Treppe hinabsteigen.«

Bella bedankte sich. Sie ging gezielt ins Verlies. »Ich beginne hier unten«, sagte sie. Das Verlies war gut beleuchtet. Bella hatte auch die Münze dabei. Sie spürte, dass diese eine Rolle spielte. Das Verlies wurde gebaut, um Gefangene bis zu ihrer Hinrichtung eingesperrt zu halten. Genauso stand es in dem Buch von Matthias. Sie öffnete die schwere Holztür, die knarrte. Es war schon leicht geisterhaft. Wie gern hätte sie jetzt Matthias dabeigehabt. Er hätte das Erlebnis sicher genossen. Sie stand nun im Raum und suchte systematisch die Wände ab. Einige Steine hatten Gravuren wie Namen, Jahreszahlen, Striche oder Bilder von Gesichtern. Sie konnte auf ihrer Höhe nichts finden. Sie schaute an die Decke und an die obere Hälfte des Raums. Doch auch da war nichts zu entdecken. Also schaute sie unten am Boden. Meistens war das Versteck an einem unscheinbaren Ort. Sie wurde auf einen Fleck aufmerksam, der etwas im Schatten lag. Als sie sich ihm näherte, sah sie eine kleine Einbuchtung in der Wand. Das Bild in der Einbuchtung glich dem Bild auf der Münze. Es war ein Gesicht. Allerdings konnte man auf der Münze nicht mehr erkennen, wem das Gesicht gehörte. Ferner fiel ihr auf, dass der Stein nicht so fließend mit den anderen Steinen verbunden war. Leider hatte sie weder Meißel noch Hämmerchen. Aber sie hatte einen Pinsel und ein Taschenmesser mitgebracht. Mit dem Taschenmesser fuhr sie die Linien um den Stein entlang. Dann holte sie die Münze aus ihrer Tasche und setzte sie an dem Ort ein, der dafür vorgesehen schien. Sie drückte sie fest.

Die Mitarbeiterin der Stadt rief von oben, ob alles okay wäre. Bella habe nur noch 15 Minuten Zeit.

»Ja, es ist alles in Ordnung. Ich bin gleich soweit.« Nachdem Bella ihre Münze in den Stein drückte, ruckte dieser. Sie musste ihn gegen die Wand drücken. Dann ließ er sich komplett rausnehmen. Hinter dem Stein war nichts zu sehen. Auch war dieses Mal nicht der Stein das Gefäß, aber der Stein rechts daneben enthielt einen Gegenstand. Es war wieder eine Rolle aus Metall, wie sie sie bereits am Mäuseturm gefunden hatte. Außerdem lag ein Zettel dabei. Sie nahm sich beides, steckte den Stein zurück und nahm die Münze wieder raus. Danach verfüllte sie die sichtlichen Linien mit ein wenig Dreck und ging nach oben. »Das ist echt beeindruckend da unten«, sagte sie. »Wie viel Zeit habe ich noch für den Rest des Turms?« Wenn sie einmal hier war, wollte sie sich die Chance nicht entgehen lassen und sich alles anschauen.

»Na gut. Ich gebe Ihnen zusätzlich 15 Minuten. Wenn die Zeit ran ist, rufe ich.«

Bella war dankbar darüber. Sie wollte schauen, ob sie nicht noch weitere Dinge im Turm finden konnte. In der ersten Etage nahm sie den Zettel aus dem Verlies zur Hand. Sie las:

Nur wer fliegen kann, sieht vieles auf einen Blick.
Das Adlerauge erkennt die kleinste Maus.

Bezog sich der Satz auf diesen Turm? Bella konnte nichts damit anfangen. Jetzt nahm sie sich die Rolle aus Metall. Es fühlte sich an wie Eisen. Es hatte auch schon rostige Stellen. Diese Rolle hatte scheinbar einen Mechanismus, mit dem sie geöffnet werden konnte. Es fanden sich Figuren, die beteten, und Kinder, die bettelten. Bella entschied vorerst, die Rolle und das Stück Papier wegzustecken. Sie lief höher, bis sie ganz oben im Aussichtsturm ankam. Die Treppe war steil. Der Aufstieg war mühselig. Aber er lohnte sich. Sie schaute runter. Kurzzeitig wurde ihr schwindelig. Ihr war gar nicht klar, was eine Höhe von 38 Metern bedeutete. Sie schaute sich um. Es war ein schöner Anblick. Wie durch einen Geistesblitz kam ihr in den Sinn, dass sich der Text auf dem Papier auf diese Perspektive und genau diesen Ort bezog. Sie wollte sich genau umschauen, ob sie etwas Außergewöhnliches fand. Sie drehte sich in jede Richtung. Doch sie konnte nichts erkennen. Dann sah sie auf die Dächer der Häuser in der Mauergasse. Einige Häuser waren neu, andere standen schon eine Weile. Da sah sie es. Verschieden farbige Ziegel reihten sich zu einem Bild zusammen. Es waren Flügel. Bella hatte ihren Fotoapparat dabei. Sie wollte Matthias zeigen, was sie sah. Noch wusste sie nicht, was die Flügel für eine Rolle spielten. Innerhalb des Aussichtsturms fand sie nichts. Er schien frisch saniert worden zu sein. Dann wäre jeder Hinweis verloren gewesen. Sie entschied sich, nach unten zu gehen. Die Zeit war in Kürze um. Unten angekommen bedankte sie sich bei der Mitarbeiterin der Stadt, legte etwas in die Spendenbox und lief zu ihrem Rad. Sie wollte zu Ruth fahren und sich nach Matthias erkundigen. Als sie ankam, war es beinahe 17 Uhr.

Ruth kam gerade nach Hause. Sie war bei Matthias im Krankenhaus und sah mitgenommen aus. »Oh, Bella. Schön dich zu sehen. Komm mit rein. Wir reden drinnen.«

Bella nickte und schloss ihr Rad an.

In der Wohnung angekommen, kochte Ruth für beide Tee. »Bella, es ist das eingetreten, wovor ich am meisten Angst hatte. Matthias hat ebenfalls Leukämie.

Wenn er keinen passenden Knochenmarkspender findet, wird er genauso sterben wie seine Schwester.« Sie begann zu weinen.

Bella durchzog ein Schock. Es fiel ihr schwer, das zu glauben. Sie kannte niemanden, der jemals an Krebs erkrankt war. Das musste sie erst einmal verdauen. »Wie groß sind seine Chancen, dass er wieder gesund wird?«, fragte sie.

Ruth schaute sie an. »Wenn er recht schnell einen Spender findet und die Chemotherapie gut verträgt, hat er gute Chancen. Sein Körper ist kräftig. Im Moment fehlt ihm leider der Lebenswille. Er sah damals seine Schwester leiden. Er will das nicht. Ach Bella.«

»Darf er besucht werden?«, fragte sie.

»Nur unter strengen Schutzmaßnahmen. Du musst einen Kittel anziehen, einen Mundschutz tragen und deine Hände desinfizieren. Möchtest du ihn besuchen?«

»Ja!«, schoss es aus Bella raus.

»Dann sage ich im Krankenhaus Bescheid. Es können ihn nur wenige ausgewählte Leute besuchen.«

»Danke«, erwiderte Bella. Sie würde ihm von dem heutigen Ereignis berichten, damit er abgelenkt wurde. Sie musste auch noch die Rolle öffnen. Vielleicht hatte er eine Idee. »Ich bin morgen etwa 16 Uhr bei ihm«, sagte sie.

»Gut. Ich bin dann auch da. Wir gehen zusammen zu ihm. Er wird sicher böse sein, dass ich dich mitgebracht habe. Er wollte nämlich von keinem anderen besucht werden.«

Bella konnte es verstehen. Sie kannten sich auch noch nicht lange genug, um so etwas Persönliches teilen zu wollen. Aber sie wollte ihn wirklich sehen. Sie verabschiedete sich von Ruth und fuhr nach Hause. Ihr Herz raste. Sie konnte schwer mit der Information umgehen. Wenn sie morgen noch Zeit hatte, wollte sie vor dem Besuch in die Bibliothek gehen und sich über Leukämie erkundigen, damit sie es besser verstand.

In der Nacht zu Freitag erschien wieder Margarethe, dieses Mal jedoch ohne Schleier. Sie sah genauso hübsch aus wie auf dem Bild. Sie setzte sich auf den Rand von Bellas Bett. Bella war sehr ruhig und hatte keine Angst wie beim ersten Mal.

»Ich wusste, dass du es schaffst. Wir bauten den Gang unter der Erde, damit mein Liebster und ich zusammen sein konnten. Außerdem hatte man mich verfolgt. Der Eingang war gut getarnt mit einem Stein, auf dem Gras wuchs und viel Erde lag. Es fiel niemandem auf. Was damit passiert ist, wusste ich nicht, nachdem ich aus Delitzsch vertrieben wurde. Endlich weiß mein Liebster, dass wir ein gemeinsames Kind hatten. Den Brief konnte er nie lesen, da er vorher starb. Jetzt kann ich in Frieden ruhen. Danke!«

Bella wollte gern wissen, wer sich in der zweiten Urne in dem Grab befand. Doch Margarethe war bereits verschwunden. Zufrieden und auch stolz legte sie sich auf die Seite und schlief weiter.

Die Zeit in der Schule verging recht schnell. Bella fuhr mit dem Zug 13:20 Uhr zurück nach Delitzsch. Sie hatte noch ein wenig Zeit, bis sie sich mit Matthias' Oma traf. Sie wollte in die Bibliothek gehen und sich über Leukämie informieren. Leukämie ist eine Erkrankung der Blutzellen im Knochenmark. Sie wird auch als Blutkrebs bezeichnet. Abnorme Zellen werden vermehrt vom Körper hergestellt und im Knochenmark verteilt. Dies führt zur Störung der weißen Blutkörperchen und Schwächung des Immunsystems, da auch die Produktion der roten Blutkörperchen und Blutplättchen beeinträchtigt ist. Man unterscheidet verschiedene Arten. Auch gab es unterschiedliche Möglichkeiten, Patienten zu heilen. Eine Form war die Transplantation von Knochenmark. Bella bekam eine Gänsehaut. Matthias hatte einen harten Kampf vor sich. Sie hoffte inständig, dass er gesund wird. Vielleicht brachte ihn die neue Aufgabe auf andere Gedanken.

Wie verabredet traf sie sich um 16 Uhr mit Ruth vor dem Krankenhaus. Sie sah sehr besorgt und traurig aus. Sie gingen zur Intensivstation. Beide erhielten Kittel, einen Mundschutz und Handschuhe. Auch mussten sie sich desinfizieren, bevor sie das Zimmer betreten durften. »Hallo, mein Schatz«, sagte Ruth. Ihr stiegen die Tränen in die Augen. Matthias streichelte ihr Gesicht und sagte, dass sie sich keine Sorgen machen solle. Wenn er sterbe, wäre er wieder bei seiner Familie. Aber das machte es nur noch schlimmer. Ruth musste sich wegdrehen.

»Hallo. Ich bin auch da. Ich wollte mal sehen, wie es dir geht«, meinte Bella.

Matthias lächelte. »Naja. Ich habe mir mein Hotelzimmer ein wenig anders vorgestellt, mit Blick auf das Meer, einen großen Fernseher, meinem Lieblingsessen.« Er wollte von seinem Zustand ablenken.

Bella musste grinsen.

»Warst du im Hallischen Turm? Hast du etwas gefunden?«

Bella nickte. »Die Mitarbeiterin der Stadt war sehr nett. Sie gab mir sogar mehr Zeit, als es üblich ist. Ich brauchte im Verlies 20 Minuten, bevor ich den Stein gefunden habe. Die Münze musste eingesetzt werden. Dann löste sich ein Mechanismus und ich konnte den Stein rausnehmen. Daneben war ein kleiner Raum. In dem lag eine Rolle aus Eisen und ein Zettel. Die Rolle hatte dieses Mal kein Zahlenschloss. Es sind betende Hände darauf, wie auf dem Gemälde von Albrecht Dürer. Der Text lautet:

Nur wer fliegen kann, sieht vieles auf einen Blick. Das
Adlerauge erkennt die kleinste Maus.

Da ich noch Zeit bekam, ging ich bis auf die Aussichts-
plattform hinauf. Dort befand sich allerdings nichts.
Dann schaute ich auf die Dächer der Häuser. Da fiel
mir auf, dass wenige Ziegelsteine andersfarbig waren
bzw. heller als die anderen. Sie waren angeordnet wie
schlagende Flügel.«

Matthias hob die Hand.

Bella stoppte.

»Hast du probiert, ob du die Hände bewegen kannst
auf der Rolle?«

Auf die Idee war Bella gar nicht gekommen. »Nein.
Ich hatte Angst, ich zerstöre sie.«

Matthias hielt beide Hände, als würde er beten.
Dann bewegte er sie voneinander weg. Sie sahen nun
aus wie Flügel. »Bella ihre Augen blitzten auf. Ja. Das
ist es. Ich werde es auf jeden Fall probieren«, sagte sie.

Oma kam wieder rein. Sie hatte mit dem Arzt gesprochen. »Der Arzt sagt, du brauchst eine Knochenmarkstransplantation. Dann stünden deine Chancen
besser als im Moment.«

Matthias nickte. Er wusste es bereits, doch glaubte
nicht daran, dass sich ein passender Spender findet.

»Wir müssen gehen«, sagte Oma Ruth. »Ich komme
morgen wieder. Bitte halte durch.«

Bella verabschiedete sich auch. »Kommst du morgen auch wieder?«, frage er sie. »Ich will doch wissen, ob es geklappt hat.«

Bella schmunzelte und nickte. »Ich werde auch kommen.«

Sie verabschiedeten sich und gingen.

Oma Ruth war sehr schweigsam. Bella versuchte ihr Mut zu machen, doch es gelang ihr nur schwer. Er war der einzige Angehörige, den sie noch hatte. Ohne ihn wäre sie allein. Davor fürchtete sie sich sehr. »Willst du noch mit zu mir kommen?«, fragte sie Bella. Doch Bella hatte sich bereits mit Anna und Susi zum Essen verabredet. Sie wollten griechisch essen gehen.

»Es tut mir leid. Aber ich treffe mich noch mit meinen Freundinnen zum Essen.« »Gut. Wir sehen uns morgen, wieder hier um diese Zeit wie heute.« Sie drückte Bella. Dann trennten sich ihre Wege.

Bella musste sich beeilen, dass sie noch pünktlich zur Verabredung kam. Es war wieder ein schöner Abend mit den beiden gewesen. Sie haben viel gelacht und über die Schulzeit gesprochen. Bella erzählte beiden, dass sie einen Jungen kennen gelernt hat, den sie ganz nett fand. Er machte eine Ausbildung bei der Stadt Delitzsch und wusste sehr viel über deren Geschichte und einzelne Gebäude. Er sähe sehr gut aus und hätte wahnsinnig anziehende Augen, in die sie sich verliere, wenn sie ihn ansieht. Aber sie glaube, sie werde sich vorerst nicht binden. Die Trennung von Tom hänge ihr sehr nach. Alle drei schauten sich an.

Susi meinte: »Das wird wieder.«

Sie verabschiedeten sich und jeder fuhr mit dem Fahrrad in seine Richtung. Bella wollte endlich diese seltsame Rolle öffnen. Sie wollte testen, ob Matthias mit seiner Idee richtig lag. Zu Hause angekommen begrüßte sie ihre Eltern, duschte sich und verschwand in ihrem Zimmer. Sie holte die Rolle hervor und strich leicht über die Erhebungen. Es fühlte sich wirklich so an, als wären die Hände zusätzlich aufgesteckt worden. Das Material war ein anderes. Ihr Herz schlug schneller. Sollte Matthias recht haben? Sie wollte es probieren. Bella legte sie in ihre Hände und nahm die Daumen, um die Hände parallel und gleichzeitig zu verschieben. Sie drückte mit den Daumen die Hände auseinander. Es öffnete sich ein Boden am Ende. Sie war so angespannt, dass sie kurzzeitig vor dem Geräusch erschrak. Sie schaute hinein. Dort lag ein bräunliches längliches Stück Papier. Nur diese eine Notiz befand sich im Gehäuse. Auch gab es keine Hinweise auf dem Gehäuse selbst. Sie öffnete das Pergament. Bella bekam leichte Gänsehaut, denn sie hatte das Gefühl, dass das Papier schon einige Jahrhunderte alt sein musste.

Sie hoffte, dass der Text nicht in altdeutscher Schrift verfasst war. Sie hatte Glück.

Milene erhielt Spot wegen ihrer Läuse.

»Was ist das?« Sie las den Text erneut. Was sollte das bedeuten? Sie legte sich auf ihr Bett und schloss die Augen. Es musste ein Ort sein. Spielten die Substantive eine besondere Rolle? Waren vielleicht die Buchstaben vertauscht? Waren die Wörter Anagramme? Sie setzte sich auf und nahm sich die Wörter einzeln vor.

Milene: Elmine, Leimen, Meilen – Das könnte es sein. Meilen.
Spot: Hier fiel ihr auf, dass Spott falsch geschrieben war. Es schrieb sich mit doppeltem T. Hier fiel ihr spontan das Wort »Post« ein.
Läuse: Säule.

Es war die Postmeilensäule gemeint. Dort musste der nächste Hinweis versteckt sein. Sie nahm sich das Buch über Delitzsch und las, was zur Postmeilensäule vermerkt war. Sie bestand aus einem Unterbau aus Sockel, einem Postament und einer Postamentbekrönung. Der Oberbau bestand aus der Form eines Obelisken. Dieser hatte eine Zwischenplatte, einen Schaft, ein Wappenstück und eine Spitze. Das Baumaterial war aus Sandstein. Sie schaute sich das Bild sehr genau an. Gleich morgen würde sie hinfahren. Früh musste sie wie gewöhnlich etwas im Haushalt erledigen. Dann hatte sie Zeit. Für heute reichte es ihr. Sie war sehr müde. Sie legte sich in ihr Bett und dachte noch an Matthias, bevor sie einschlief.

Bella stand früh auf und überraschte ihre Familie mit dem Frühstück. Nachdem sie ihre Aufgaben erledigt hatte, fuhr sie zur Postmeilensäule. Allerdings war dort viel Betrieb. Es musste komisch aussehen, wie Bella umherlief und nach etwas suchte. Die Leute schauten sie etwas verwundert an. Bella hatte sich etwas zum Schreiben mitgenommen und tat so, als würde sie sich Notizen machen.

Eine Passantin sprach sie an und fragte, ob sie ihr helfen könne, sie kenne sich mit der Postmeilensäule etwas aus.

Doch Bella lehnte dankend ab. Sie nutzte wieder ihre allgemeine Ausrede und sagte, sie müsse etwas für die Schule recherchieren.

Die Frau ging.

Bella lief ein weiteres Mal um die Postmeilensäule herum. Sie schaute sich die Zeichen und die Wappen sehr genau an. Doch an die Spitze kam sie nicht. Schade, dass Matthias nicht da war. Er hätte die passende Größe gehabt. Sie nahm sich das Posthorn über dem Vorsprung vor. Es sah aus, als würde es in der Mitte eine Vertiefung geben. Da zu viele Leute auf dem Rossplatz waren, wollte sie heute Abend wiederkommen. Sie würde eine Taschenlampe mitbringen. Eine Lupe hatte sie leider nicht. Sie würde Matthias fragen, ob sie seine bekommen könnte.

Der Besuch bei Matthias verlief sehr bedrückend. Es ging ihm heute wieder schlechter als gestern. Bella hatte ihm erzählt, dass er recht hatte und sie die Rolle dank seiner Idee öffnen konnte. Sie erzählte ihm von dem Anagramm und dass sie heute Abend noch einmal zur Postmeilensäule gehen würde. Sie denke, dass es etwas mit dem Posthorn zu tun hätte. Sie fragte ihn auch nach der Lupe. Er stimmte zu, dass sie die Lupe haben könne.

Oma Ruth und sie konnten leider nicht lange bleiben. Matthias war zu schwach, er wollte einfach nur schlafen. Dieses Mal kamen auch Bella die Tränen. Sie hatte noch nie so viel Schmerz gesehen. Sie verabschiedeten sich. Bella ging direkt von dort aus zur Postmeilensäule. Inzwischen waren die Geschäfte alle geschlossen. Der Platz war menschenleer. Bella nahm ihren Pinsel zur Hand und wollte den Staub aus dem

Posthorn streichen. Nun sah sie es besser: Im Posthorn war eine Vertiefung, die jedoch verschlossen war und sich nicht eindrücken ließ; das Posthorn ließ sich nicht bewegen. Sie suchte nach einem Mechanismus. Doch direkt am Posthorn war nichts. Sie suchte die Säule ab, glitt mit ihren Fingern am Vorsprung entlang. Auch dort fand sie nichts. Bella kniete sich hin und schaute sich jetzt die Wappen an, die auf allen vier Seiten angebracht waren. Sie sahen aus wie eine Harfe. Darin befand sich etwas, das wie ein Fächer aussah. Darüber war etwas, das der Form eines Korkenziehers glich. Allerdings befanden sich in der Mitte vier Löcher. Bella überlegte. Sie pinselte die Wappen frei. Sie sah nichts Auffälliges. Ihr wurde inzwischen kalt. Sie hätte nicht gedacht, dass es dieses Mal so schwer werden würde. Auf einmal kam ihr die Idee. Vielleicht befand sich in einem der Löcher ein Knopf, der die Mitte des Posthorns öffnete. Sie steckte in jedes Loch ihre Finger. Im letzten hatte sie Glück. Am Ende des Lochs war eine kleine Erhebung, die sich wie ein Knopf anfühlte. Sie drückte darauf. Doch was geschah, hatte sie nicht erwartet. Die Erde unter ihr bewegte sich. Sie hüpfte aus dem Beet. Der Sockel der Postsäule rückte nach links. Es wurde eine Treppe freigelegt. Bella schaute sich um, ob sie jemand gesehen hatte. Doch es war niemand da. Jetzt musste sie ganz allein darunter. Sie hatte Angst. Aber auf der anderen Seite wollte sie wissen, wofür der Schlüssel war, den Sie gefunden hatte und der die ganze Schnitzeljagd hervorrief. Sie stieg also hinab. Mit Taschenlampe in der Hand stand sie am Fuß der Treppe und schaute sich um. Der Gang war ziemlich niedrig, schmal und kurz. Die Wände waren unscheinbar. Es befand sich nichts Besonderes darauf. Erst als sie am Ende des Ganges ankam, fand sie einige Zahlenreihen. Sie holte ihr Notizbuch und ihren Stift heraus und schrieb die Zahlenfolge ab.

5-9-14-5
2-18-28-3-11-5
9-13
16-1-18-11
5-20-23-1-19
6-28-18
13-9-3-8
22-5-18-19-20-5-3-11-5-14
13-1-7

Bella schaute sich noch mal um, um zu prüfen, ob sie nichts übersehen hatte, doch es gab nichts anderes. Sie stieg die Treppe hinauf und drückte erneut auf den Knopf. Die Postmeilensäule bewegte sich auf ihren Fleck zurück. Nur war das Beet jetzt total zerfahren. Zum Glück waren kaum Pflanzen darauf. Bella versuchte es ein wenig zu ordnen, damit es nicht ganz so schlimm aussah. Danach fuhr sie heim, ihr war kalt. Sie war froh, dass alles geklappt hatte und niemand kam. Sie wollte die Aufgabe morgen früh lösen. Jetzt wollte sie sich noch mit einem anderen Thema beschäftigen. Dafür brauchte sie ihre Eltern. Sie müssten um diese Zeit noch auf sein.

Zu Hause angekommen, wusch sie sich gründlich. Ihre Sachen mussten in die Wäsche. Sie waren voller Spinnenweben und Erde, die sie gar nicht bemerkt hatte, als sie unten war. Sie machte sich bettfein und setzte sich in die Stube zu ihren Eltern. Beide schauten sie irritiert an. Das hatte Bella schon ewig nicht mehr gemacht.

»Hast du etwas angestellt?«, fragte ihr Vater.

Bella schüttelte den Kopf. »Nein. Aber ich möchte euch von einem guten Freund erzählen. Ich habe ihn letztes Jahr kennengelernt, als Tom Schluss gemacht hat. Ich bin ihm in der Bibliothek begegnet.« Ganz die Wahrheit wollte sie nicht erzählen, denn wie sollte sie begründen, dass sie sich im Stadtarchiv von Delitzsch kennengelernt hatten.

»Ja und weiter?«, meldete sich ihre Mutter zu Wort.

»Nun, er liegt jetzt mit Leukämie im Krankenhaus. Er hat nur eine echte Chance, wenn er eine passende Knochenmarkstransplantation erhält. Ich überlege, ob ich mich testen lasse.«

Ihr Vater sah sie ohne Regung an.

Ihre Mutter wusste ebenfalls nicht, was sie sagen sollte.

»Du weißt schon, dass der Eingriff auch für den Spender riskant sein kann. Schließlich holen sie das Knochenmark aus dir raus.«

Bella nickte. Sie war hin- und hergerissen. Sie wollte Matthias und Ruth helfen und erzählte von Matthias' Familie, was ihr geschehen war und dass bereits seine Schwester an Leukämie verstorben war. Jetzt hatte seine Oma nur noch ihn. Ihre Eltern waren still. Sie wussten nicht, was sie sagen sollten. Ihr Vater unterbrach die Stille. »Gut. Wenn es mein Kind oder Enkel beträfe, wäre ich froh, wenn es jemanden gäbe, der spenden würde. Jede Möglichkeit ist ein Stück Hoffnung mehr.«

Damit hatte Bella nicht gerechnet. »Und was möchtest du mir jetzt damit sagen?«, erwiderte sie.

»Wenn du helfen möchtest, dann tu es.«

Im Inneren war Bella erleichtert über diese Reaktion. Dennoch wusste sie um die Risiken, die ihr Angst bereiteten. Sie wollte sich morgen im Krankenhaus genauer danach erkundigen und darüber, wie das Knochenmark entnommen wurde. Für heute reichte es ihr. Sie wünschte ihren Eltern eine gute Nacht und ging in ihr Bett. Neuer Tag, neues Glück. Sie schlief schnell ein.

Sonntagmorgen. Die Sonne schien. Der Wind hatte die letzten Tage ein wenig nachgelassen. Es war ein klarer, kalter Wintertag, nur auf Schnee mussten sie wohl weiter warten. Nach dem Frühstück setzte sich Bella an ihren Schreibtisch, um aufzuschreiben, was sie die letzten Tage erlebt hat. Sie erwähnte dabei auch die Besuche bei Matthias und wie schlecht es ihr dabei ging. Er war ein netter Mensch. Sie fragte sich, warum Menschen, die schon so viel erleiden mussten, immer wieder Leid erfuhren. Nachdem sie mit ihrem Eintrag fertig war, schaltete sie sich Oliver Shanti an. Sie konnte bei der Musik richtig entspannen und lief zu Hochtouren auf. Sie hoffte, dass sie die neue Aufgabe ohne Hilfe lösen konnte. Mit den Zahlen konnte sie im Moment jedoch nichts anfangen.

5-9-14-5
2-18-28-3-11-5
9-13
16-1-18-11
5-20-23-1-19
6-28-18
13-9-3-8
22-5-18-19-20-5-3-11-5-14
22-5-18-13-1-7

Hatte es eine Bedeutung, dass die Zahlenfolgen unter-
einander standen? Musste sie das Ergebnis der Reihen
bilden? Die Ergebnisse waren 33, 67, 22, 46, 68, 52, 33,
122, 66. Doch auch das sagte ihr nichts. Musste man
vielleicht noch die Quersumme daraus bilden? 6, 13, 4,
10, 14, 7, 6, 5, 12. Oder hatten sie einen gemeinsamen
Nenner? Als sie mit Rechnen beginnen wollte, kam
ihre Schwester ins Zimmer. Bella hatte zum Glück nur
den selbstgeschriebenen Zettel auf dem Tisch liegen,
die anderen gefundenen Hinweise hatte sie im Schrank
versteckt.

»Bella, könntest du mir helfen? Ich verstehe die
Aufgabe in Bio nicht richtig.«

Bella nickte.

Als ihre Schwester den Zettel sah, fragte sie, was
Bella da gerade machte.

»Wir haben in der Berufsschule eine Scherzaufgabe bekommen und sollen uns mal versuchen. Ich bin noch nicht dahintergekommen, was es bedeuten soll.« Sie zeigte ihr die Ergebnisse der Reihen und dann die Quersummen. »Vielleicht haben sie auch einen gemeinsamen Nenner«, meinte sie.

Ihre Schwester sah sich die Reihen an und musste schmunzeln. »Ich denke, ich weiß, was das ist. Das hatten wir auch mal in Mathe bei einem Vertretungslehrer. Wir haben hin- und hergerechnet und sind nicht auf die Lösung gekommen. Am Ende standen die Zahlen für Buchstaben im Alphabet.«

Bella schaute wieder auf den Zettel. Also bedeutete eine Zahlenfolge ein Wort? Sie musste es testen. Sie bedankte sich bei ihrer Schwester, half ihr bei Bio und machte sich dann an die Lösung.

Aus den Zahlenfolgen wurde folgender Text:

Eine Brücke im Park,
etwas für mich verstecken vermag.

Sie ging zu ihrer Schwester und bedankte sich, sie hatte recht! Gleich nach dem Mittag wollte sie nachschauen, welche Brücke gemeint war. Es gab fünf: eine hinten am Tiergarten, zwei in der Mitte des Parks und jeweils beim Übergang vom vorderen Park zum Kinderspielplatz und zu den Wohnhäusern. Sie würde sich die Holzbrücken vornehmen. Ihr Gefühl sagte ihr, dass es eine von ihnen sein musste. Zum Mittag gab es Klöße, Rotkraut und Braten. Es war köstlich. Ihre Eltern konnten echt gut kochen. Bella fragte sich des Öfteren, ob sie das auch mal so hinbekommen würde.

Frisch gestärkt machte sie sich auf den Weg. Sie freute sich darauf, denn sie war gern im Park. Er gab ihr ein Gefühl von Freiheit. Sie konnte ihren Gedanken freien Lauf lassen und vor sich hinträumen. Im Park war im Moment kein anderer, sodass sie sich Zeit nehmen konnte, um sich die Brücken anzusehen. Sie begann mit der Brücke, die zum Spielplatz führte. Auf der Brücke selbst würde sie nichts finden. Also ging sie gleich unter das Bauwerk, um zu schauen, ob sie etwas Auffälliges sah. Einige hatten ihre Liebesbotschaften oder einen Hasstext zu einer Person hinterlassen. Sie konnte unter der Brücke nichts finden. Also schaute sie an den Brückenpfeilern, aber auch da konnte sie nichts entdecken. Also wollte sie zu der anderen Holzbrücke gehen, die sich gleich in der Nähe befand. Zuerst schaute sie oben auf der Brücke, danach ging sie unter den Bogen und schaute an die Pfeiler. Am rechten Pfeiler erkannte sie etwas. Es war eine Art Kreuz, nicht eingeritzt wie manch andere Botschaft, sondern so, als wäre es mit eingebaut worden. Bedeutete das Kreuz, dass sich genau an der Stelle etwas befand, oder hieß es, dass der Brückenpfeiler etwas zu bedeuten hatte?

Da direkt um das Kreuz nichts zu finden war, ging sie davon aus, dass es etwas am Fuß des Pfeilers sein musste. Sie schaute. An der großen Fläche war nichts zu erkennen. Alles hing an einem Stück. Sie schaute auf die linke Seite des Pfeilers. Auch da war nichts. Ihr Herz schlug schneller. Sie hoffte, dass es auf der rechten Seite anders war. Doch auch hier war nichts am Fuß. Als sie enttäuscht nach oben sah und tief einatmete, glitt ihr Blick am Pfeiler nach oben. Dort sah sie etwas, was aussah wie ein eingearbeitetes Türchen. Der Rahmen war mit ihm durch eine Substanz verbunden, sodass es nicht einfach zu öffnen ging. Sie holte ihr Taschenmesser hervor und kratzte die Fugen frei. Dann stemmte die Spitze des Messers etwas gegen das Holzblättchen. Es öffnete sich. Bella schob es weiter auf, damit sie hineinsehen kann. Sie fand ein Leinentuch. Darin waren verschiedene Gegenstände eingewickelt. Es sah aus, als hätte jemand seinen Besitz versteckt. Sie nahm das Leinentuch mit den Utensilien, schaute nach, ob sie alles hatte und schloss es wieder. Sie nahm ein wenig Erde, befeuchtete dies im Fluss, welcher unter der Brücke langführte und drückte den Schlamm wieder in die Fugen. Wenn er trocknete, würde es halten. Da hier keiner direkt danach suche, fiele es auch niemandem auf, dachte sie sich.

Sie setzte sich mit den Utensilien auf eine Bank, die unweit der Brücke stand. Auf ihrem Schoß öffnete sie das Leinentuch. Sie fand eine Bürste, einen Brief, einen Spiegel und eine kleine Zeichnung. Das Bild darauf kam ihr bekannt vor. Doch sie konnte vorerst noch nichts damit anfangen. Die Bürste sah sehr benutzt aus. Sie war aus einfachem Material zusammengesteckt und trug Schweineborsten zum Kämmen. Der Spiegel war oval, hatte einen Stiel zum Halten. Außen war er mit kleinen Kreisen verziert. Er war aus Leichtmetall wie Aluminium, bekam über die Jahre rostige Flecken. Auch der Spiegel war sehr beschädigt, Kratzer und gesplittertes Glas. Sie nahm den Brief zur Hand und las:

Liebe und Glück, zerbrochen in Stück,
kein Weg führt zurück.
Hass und Lügen, Menschen betrügen
und zerstören das Glück.
Es gibt kein Weg zurück.
Tod und Leid zu jeder Zeit, Angst
und Einsamkeit. Geheimnisse
verborgen im Dunkeln, suche das Licht,
denn es ändert die Sicht
auf die Wahrheit, die verborgen ist.

Was wollte die Schreiberin damit sagen? Bella nahm an, dass es sich um eine Frau handelte, da die Bürste und der Spiegel dabei lagen. Nach dem Pergament zu urteilen, könnte der Text aus dem 16. oder 17. Jahrhundert stammen. Der Text schien von einer zerbrochenen Liebe zu erzählen. Doch was wohl damit gemeint war? »Geheimnisse verborgen im Dunkeln, suche das Licht, denn es ändert die Sicht auf die Wahrheit, die verborgen ist.« Sie schaute geradeaus auf die Kleingärten, die in der Nähe waren. Sie träumte. Im Sommer ist sie oft mit Tom hier gewesen. Hinter ihr lagen eine große Rasenfläche und eine Baumgruppe, in die ein kleiner Trampelpfad führte. Dort drin haben sie öfter auf einem Baumstamm gesessen, der dort gelegen hatte, bis die Bank aufgestellt wurde. Es war heimlich. Es fühlte sich an wie ein kleines Heim, wie Unendlichkeit, unzerstörbares Glück und Zufriedenheit. Bella wünschte sich an vielen Tagen alte Zeiten zurück, in denen sie unbeschwert durch die Tage ging. In ihrer Schulzeit hatte sie es aufgrund ihrer roten Haare und ihren Sommersprossen nie leicht. Sie wurde gehänselt. Ihr wurden ihre Sachen gestohlen. Die Jungs, die ihr gefielen, hatten kein Interesse an ihr. In einer der Klassenstufen hatten sie vorübergehend einen verhaltensauffälligen Schüler aufgenommen. Er war total verknallt in das hübscheste Mädchen der Klasse. Als die Mädchen Bella nach dem Sportunterricht wieder ihre Sachen wegnahmen und versteckten, hatte sie genug. Sie hat sich jedes einzelne Mädchen vorgenommen, welches daran beteiligt war, und ihnen gezeigt, dass sie sich ihr Verhalten nicht mehr gefallen lässt. Unter anderem war auch jenes hübsche Mädchen dabei. Da kam ihr Lover und wollte sie vor ihr verteidigen. Er zog Bella den Arm weg und meinte, wenn Blödheit Pickel sprießen lassen würde, sähe sie längst aus wie ein Streuselkuchen. Bella drehte ihm seinen Arm um und sagte: »Ah, daher kommen die Pickel in deinem Gesicht.«

Die anderen Mädchen bekamen es mit der Angst zu tun und holten Bellas Sachen aus den Verstecken.

Die Sportlehrerin hatte das alles gesehen. Doch sie ging nicht dazwischen, denn sie war auch der Meinung, dass es Zeit wurde, dass sich Bella endlich mal wehrte. Seit diesem Tag hatte sie ihre Ruhe und keinen Ärger mehr.

Ein Geräusch aus dem Gebüsch riss sie aus ihren Gedanken. Da kam ein kleiner Hund und schnüffelte an ihrem Schuh. Der Besitzer grüßte freundlich und ging weiter. Der Hund folgte ihm. Bella sah auf die Uhr. Sie wollte noch zur Oma von Matthias, bevor sie mit ihr ins Krankenhaus ging. Sie wollte mit ihr über ihren Plan sprechen. Sie machte sich direkt auf den Weg. Die Fundsachen verstaute sie im Rucksack. Auf dem Weg zu Ruth dachte sie an Matthias und hoffte, dass es ihm heute besser ging. Sie wollte ihn ein wenig mit den neuen Erkenntnissen ablenken. Bei Ruth angekommen, aß sie leckeren selbstgebackenen Kirschkuchen und trank Kaffee. Bella erzählte ihr, dass sie sich als Spender testen lassen möchte. Sie habe auch mit ihren Eltern darüber gesprochen.

Ruth war sichtlich gerührt. Sie nahm Bellas Hand und sagte zu ihr: »Dich hat uns das Schicksal geschickt.«

Bella wurde verlegen. »Noch wissen wir ja nicht, ob es passt.« Nachdem sie mit dem Kaffee fertig waren, gingen sie zum Krankenhaus.

Ruth fragte sie auf dem Weg dorthin aus: Wo sie geboren sei, ob sie Geschwister hätte, was sie für einen Schule besucht hatte und so weiter. Viel wusste sie von Bella noch nicht. Bella schmeichelte es. Sie hatte das Gefühl, in Ruth eine Freundin gefunden zu haben. Sie fühlte sich von ihr verstanden.

Sie betraten das Krankenhaus. Der Arzt kam gleich auf Ruth zu und nahm sie zur Seite.

Bella beobachtete ihre Reaktionen während des Gesprächs mit dem Arzt. Es gab scheinbar nichts Gutes zu berichten. Bei Ruth liefen die Tränen. Bella bekam Angst. Ihr wurde es übel. War Matthias bereits gestorben? Kamen sie zu spät? Ruth schaute Bella an. An ihren Lippen konnte sie lesen, dass sie mit dem Arzt über Bella sprach. Beide kamen zu ihr. »Guten Tag, ich bin Dr. Hoffnung.« Er schmunzelte dabei.

»Hallo, ich bin Bella. Ihr Name ist bestimmt etwas Gutes für die Patienten.« Sie lächelte.

»Frau Schnell hat mir erzählt, dass Sie sich als Spender für Matthias testen lassen möchten. Dann kommen Sie am besten gleich mal mit. Es geht ihm überhaupt nicht gut. Je schneller er eine Knochenmarkspende erhält, desto besser.« Sie gingen in ein separates Zimmer. Er wollte sie über das medizinische Verfahren und die Risiken aufklären. Ruth ging in der Zeit zu Matthias. Sie wollte es ihm sagen, damit er nicht aufgab und ihm neue Hoffnung gegeben wurde. Matthias schlief, als sie sein Zimmer betrat. Er sah so friedlich aus. Sein Körper war abgemergelt. Ruth kamen die Tränen. Es schmerzte sie sehr, ihn so liegen zu sehen und nichts machen zu können. Sie streichelte seine Hand. Doch er reagierte nicht. Sie gab ihm einen großelterlichen Kuss auf die Wange, flüsterte ihm etwas ins Ohr und ging wieder. Als sie aus dem Zimmer kam, musste sie sich erstmal auf den Stuhl setzen, der außerhalb der Intensivstation stand. Bella bekam bei diesem Anblick eine Gänsehaut.

Der Arzt hatte ihr gesagt, wie schlecht es um Matthias stand und dass er keine Zeit mehr verlieren dürfte. Sie hatte sich deshalb gleich für morgen früh einen Termin geben lassen. Sie würde für die ganze Woche eine Krankschreibung erhalten, was ihr entgegenkam. Sie wollte wissen, was es mit diesem Text auf dem Pergament auf sich hatte. Nachdem sich Ruth wieder gefangen hatte, verließen sie das Krankenhaus. Bella brachte Ruth nach Hause. Sie war sehr zurückgezogen und still.Bella ging ebenfalls nach Hause. Sie wollte heute mit ihren Eltern den Krimi schauen. Es war inzwischen wie ein Ritual geworden. Sonntag zum späten Nachmittag kam Columbo. Es wurden Schnittchen für alle geschmiert und vor dem Fernseher gegessen. Bella mochte diese Zeit sehr.

Bella war aufgeregt. Sie hatte nicht gut geschlafen. Jetzt kam ihr schon ein wenig die Angst hoch, doch sie vertraute den Ärzten, schließlich hatten sie das schon öfter gemacht. Sie wussten, was auf dem Spiel steht. Sie war pünktlich und kam direkt dran. Es ging schnell, ihr wurde nur Blut abgenommen. Sie fragte, ob sie noch zu Matthias gehen könnte, wozu der Arzt nickte. Bella desinfizierte ihre Hände, zog ihre Schutzkleidung an und betrat das Zimmer.

Er war gerade wach. Und er war schwach. Als er sie sah, lächelte er. Doch auch Tränen rollten aus seinen Augen.

»Hallo. Wie fühlst du dich heute?«, fragte sie, obwohl sie genau sehen konnte, wie er sich fühlen mochte.

Er flüsterte: »Es ging mir schon besser. Das Liegen ist anstrengend. Ich stehe ständig neben mir. Ich bekomme nichts runter.«

Sie sah ihn voller Mitgefühl an. Doch sie wollte ihm nicht zeigen, dass sie litt und kam auf ihren Fund zu sprechen. Sie erzählte ihm, was sie gefunden hatte und las das Gedicht vor.

Liebe und Glück, zerbrochen in Stück,
kein Weg führt zurück.
Hass und Lügen, Menschen betrügen
und zerstören das Glück.
Es gibt kein Weg zurück.
Tod und Leid zu jeder Zeit, Angst
und Einsamkeit. Geheimnisse
verborgen im Dunkeln, suche das Licht,
denn es ändert die Sicht
auf die Wahrheit, die verborgen ist.

Für einen Moment blitzten Matthias' Augen auf. Aber er war zu schwach, um zu reden. Sie musste ihm sehr nah kommen, damit sie ihn verstehen konnte. Er sagte, dass sich Bella den Abschnitt mit dem Licht vornehmen solle. Vielleicht spielen die Bürste und der Spiegel dabei eine Rolle. Das Bild sei möglicherweise ein Hinweis auf einen Ort. Dann hob er leicht seine Hand. Sie gab ihm ihre.

»Danke«, sagte er. »Der Arzt erzählte mir vorhin, dass du mir helfen willst. Danke.«

Bella musste schlucken. Ihr Magen krampfte. Nun konnte sie sich auch nicht mehr halten. Tränen kullerten ihr über die Wangen.

In diesem Moment kam die Schwester herein. »Bitte gehen Sie jetzt. Herr Schnell muss jetzt zu seiner Behandlung.« Sie verabschiedeten sich.

Bella sagte: »Halte durch.«

Er nickte und schloss die Augen.

Auch sie musste sich jetzt erst mal setzen. Sie legte ihren Kopf in ihre Hände und versuchte sich zu beruhigen. Eine Schwester kam vorbei und fragte, ob sie Hilfe bräuchte, doch Bella lehnte ab. Es würde gleich wieder gehen, meinte sie. Nach etwa einer Viertelstunde ging sie. Sie wollte sich mit dem Rätsel ablenken. Da sie für die ganze Woche krankgeschrieben war, konnte sie sich darauf konzentrieren. Der Arzt meinte, sie bekäme Mittwoch eine Information, ob sie ein passender Spender sei. Sie solle dafür direkt ins Krankenhaus kommen.

Bella ging nach Hause und gönnte sich ein leckeres Frühstück. Ihre Eltern waren arbeiten und ihre Schwester in der Schule. Sie hatte die Wohnung für sich. Also machte sie in der Stube ihre Lieblingsmusik an. Sie half ihr beim Denken. Bella legte die Utensilien alle vor sich auf den Tisch: eine Bürste, einen Spiegel, eine Zeichnung, das Gedicht und das Leinentuch, in das die Gegenstände eingewickelt waren. Da das Leinentuch ziemlich muffig roch und dreckig war, entschloss sie sich, es im heißen Wasser auszuwaschen. Sie ging ins Bad. Als sie das Tuch eine Weile unter das warme Wasser hielt, kamen Buchstaben zum Vorschein. Sie erkannte das Wort »Mond«. Als Bella das Tuch ausrang, verschwand das Wort. Erneut hielt sie es unter das warme Wasser. Das Wort »Mond« kam erneut zum Vorschein. Was hatte es wohl für eine Bedeutung? Sie rang das Tuch erneut aus und nahm es mit zu dem Tisch, wo die anderen Dinge lagen, setzte sich und dachte nach. Sie dachte an Matthias' Worte. Er meinte, sie solle sich den Teil mit dem Licht näher ansehen. Plötzlich kam es ihr in den Sinn: Vielleicht braucht sie das Mondlicht. Aber wofür? Und was hat es mit dem Spiegel und der Bürste auf sich? Zufällig hatten sie derzeit Vollmond. Sie hatte sich vorgenommen, heute Abend rauszugehen und zu testen, was sie wohl finden würde. Aus der Schule wusste sie noch, dass man mit dem Spiegel Licht reflektieren kann. Möglicherweise brauchte sie den Spiegel dafür. Doch worauf sollte das Licht fallen? Ihr Blick fiel auf die Zeichnung. Ist auf dieser Zeichnung ebenfalls etwas versteckt wie auf dem Tuch? Ihre Gedanken kreisten. »Sollte es vielleicht mit künstlichem Licht funktionieren, wie es in manchen

Filmen zu sehen war?«, fragte sie sich. Mit dem Spiegel und der Zeichnung ging sie ins Bad. Sie schaltete das Licht an und stellte sich schräg zur Lampe. Über verschiedene Winkel versuchte sie das Licht auf die Zeichnung zu lenken. Doch nichts veränderte sich. Scheinbar brauchte sie das Mondlicht. Es gibt ein helles und feines Licht ab. Das Licht im Bad war eher gelblich und mehr gebündelt. Etwas enttäuscht ging sie zurück ins Wohnzimmer. Sie musste bis zum Abend warten. Doch da war noch die Bürste. Bella nahm sie in die Hand und betrachtete sie genau. Erst jetzt fiel ihr auf, dass der Griff der Bürste etwas locker saß. Es konnte daran liegen, dass sie schon recht alt war und häufig verwendet wurde. Der Bürstenkopf selbst war zu schmal. Bella konnte ihn nicht auseinandernehmen. Sie zog ein wenig am Griff und drehte ihn. Er löste sich. Bella sah in die Öffnung des Griffs. Es befand sich ein sehr kleiner Stofffetzen darin. Ihre Finger waren zu dick, um in die Öffnung zu gelangen. Daher holte sie sich einen Bleistift zur Hilfe. Sie holte den Stofffetzen heraus. Es war etwas in ihm eingewickelt. Sie öffnete ihn vorsichtig. Es war ein Glitzerstein. Er glänzte so klar, fast wie ein Diamant. Bella legte ihn auf den Tisch und ging mit dem Stofffetzen ins Bad. Vielleicht befände sich auch hier eine Botschaft. Sie hielt ihn unter das warme Wasser. Nichts geschah. Der Stofffetzen diente nur dazu, den Stein aufzubewahren. Jetzt war sie überfragt. Sie hatte nun einen Spiegel, eine Bürste, eine Zeichnung, einen Zettel mit einem Gedicht, den Hinweis mit dem Mond und diesen feinen weißen Glitzerstein. Bella konnte es kaum erwarten, dass es endlich dunkel wurde, und hoffte, dass der Himmel am Abend klar blieb. Sie packte alles zusammen, wickelte es in das Leinentuch und legte es in ihr Zimmer.

Von dem vielen Nachdenken bekam Bella Hunger. Sie kochte sich Spaghetti mit Tomatensoße. In der Soße waren feine Kräuter. Ihr lief das Wasser im Mund zusammen. Sie schaffte die große Portion komplett alleine. Sonst essen sie und ihre Schwester gemeinsam davon. Danach wusch sie ordnungsgemäß ab. Sie entschied sich mit Tapsie eine Runde zu gehen. Das Wetter war gut. Bella lief in den Kosebruch. Er war groß und bot viel Auslauf für Tapsie. Ihre Eltern kämen erst halb fünf und ihre Schwester gegen drei.

E ndlich war es soweit. Nach dem Abendessen fuhr Bella Richtung Park. Sie brauchte eine große offene Fläche, um das Mondlicht gut einfangen zu können. Sie hoffte, dass der Platz, an dem sie alles gefunden hatte, der richtige war. Sie hatte alles mitgenommen; bevor sie es auspackte, versicherte sie sich, dass niemand in der Nähe war. Kurzzeitig erinnerte sie sich an die Aktion mit Matthias, als sie unter den Brunnen der Genesung stiegen. Es kribbelte in ihrem Bauch und sie musste lächeln. Sie hoffte sehr, dass sie Matthias mit ihrer Knochenmarksspende helfen konnte. Jetzt nahm sie den Spiegel und den Zettel mit dem Gedicht. Sie drehte den Spiegel mehrmals und versuchte, dass Licht des Mondes einzufangen. Es war wirklich schwierig, doch nach mehreren Versuchen klappte es endlich. Das leichte Licht fiel auf das Gedicht, aber es veränderte sich nichts. Sie nahm die Zeichnung, dieses Mal sah sie etwas. Auf der Zeichnung zeigten sich Wege und Bäume. Jetzt erkannte sie auch den Ort der Zeichnung. Es war der Heiligbrunnen unweit des Mäuseturms. Damals sah er etwas anders aus, weshalb sie ihn nicht gleich erkannt hatte. Also war das ihr nächstes Ziel. Außerdem befand sich ein kleines Kreuz inmitten am Rande des Brunnens. Bella musste genau hinsehen, um es zu erkennen. Sicher war es ein Hinweis, wo sie suchen sollte. Sie packte alles zusammen und lief schnellen Schrittes zum Heiligbrunnen. Unterwegs begegnete sie einem Paar, welches eng umschlungen durch den Park lief. Sie sah in ihnen sich und Tom. »Was er jetzt wohl macht? Ist er auf See? Geht es ihm gut? Denkt er auch noch an mich?«, überlegte sie und schluchzte. Am Heiligbrunnen angekommen versuchte sie den Ort, der als Kreuz gekennzeichnet war, zu erkennen. Doch es war zu dunkel. Die Laterne ist ausgefallen. Sie nahm ihre Taschenlampe. Doch damit konnte sie nichts Außergewöhnliches oder Auffälliges erkennen. Da der Mond inzwischen sehr hell war, versuchte sie es mit dem Spiegel. Sie sah es. Jetzt wurde ihr klar, dass das Ziel nur mit dem Licht des Mondes zu finden war. Es war ein Stein am Rande des Brunnens. Am Rande des Steins war eine Aussparung. Sie sah aus wie die Form einer Bürste. Sollte es die Bürste sein, die sie gefunden hatte? Bella nahm sie aus ihrer Tasche und legte sie in die Aussparung. Sie vernahm ein Geräusch. Mehr tat sich allerdings nicht. Das Geräusch klang so, als hätte sich ein Verschluss gelöst. Sie lief um den Brunnen und schaute, ob sich optisch etwas verändert hatte. Sie tastete den Rand des Brunnens ab. Auf einmal merkte sie, dass der Stein, in den sie die Bürste gelegt hatte, ein Stück nach vorne gekommen war. Er ragte nach vorn. Also zog sie noch weiter an dem Stein. Er löste sich. Bella legte ihn auf die Seite und fasste mit ihrer Hand in die entstandene Lücke. Sie fühlte eine Platte mit einer kleinen Einbuchtung in der Mitte. Sie drückte auf die Platte. Nichts passierte. Sie fühlte eine Einbuchtung, die sehr winzig war. Bella dachte an den Stein, den sie im Griff der Bürste gefunden hatte. Er hatte dieselbe Größe. Bella setzte ihn ein. Auf einmal teilte sich hinter ihr der Boden. Bella erschrak. Aufgrund der Erde und des Rasens war nicht zu sehen, dass sich darunter ein unterirdischer Raum befand. Der Spalt war schmal und nicht tief. Bella war schlank und kam ohne Probleme runter. Sie nahm ihre Taschenlampe und leuchtete nach vorn. Der Spalt wurde nach vorne hin breiter und mündete in einem Gang. So allein hatte Bella Angst in die Tiefe zu laufen. Keiner wusste, wo sie war. Doch sie wollte nicht darüber nachdenken. Ihre Neugier war größer als ihre Angst. Sie lief in den Gang. Die Wände waren aus Lehm. In ihnen hatten sich die Wurzeln der Bäume verankert. Sie musste einmal nach rechts abbiegen. Bella hatte kein Gefühl, wie weit sie schon gelaufen war, als sie an eine kleine Höhle kam. Sie musste auf allen Vieren durch die Öffnung kriechen. Die Höhle war klein. Doch was sie fand, versetzte ihr einen Schrecken. Es befanden sich Ketten an den Wänden. Sie dachte an die Zeilen des Gedichts

Liebe und Glück, zerbrochen in Stück,
kein Weg führt zurück.
Hass und Lügen, Menschen betrügen
und zerstören das Glück.
Es gibt kein Weg zurück.
Tod und Leid zu jeder Zeit, Angst
und Einsamkeit. Geheimnisse
verborgen im Dunkeln, suche das Licht,
denn es ändert die Sicht
auf die Wahrheit, die verborgen ist.

Sollte jemand hier unschuldig festgehalten worden sein? Sie ging zu den Ketten. Sie waren sehr rostig. An der linken Seite sah sie Striche in den Boden gemalt. Bestimmt zählte der Gefangene die Tage, die er hier unten verbrachte. Bella lief ein Schauer über den Rücken. Eine Stimme sagte ihr, sie sollte wieder zurück gehen. Allerdings war Bella noch nicht fertig. Sie suchte weiter an den Wänden und am Boden, ob sie etwas finden konnte. Auf einmal sah sie eine Bewegung in ihrem Augenwinkel. Sie hielt den Atem an. Aber sie hörte nichts. Da war es wieder. Es war nur ein Schatten. Es schien, als wäre er jetzt bei ihr in der Höhle, als stünde er direkt neben ihr. Ihre Nackenhaare stellten sich auf. Ihr Atem ging schnell. War es der Geist der Person, die hier gefangen gehalten wurde? Sie begann zu sprechen. »Hallo, ich bin Bella.« Gleichzeitig fragte sie sich, was sie da machte. Doch sie bekam eine Antwort.

Der Geist sprach zu ihr. Im Boden erschienen die Wörter »Hilf mir.«

Oh je, dachte Bella. Sie fragte: »Wie soll ich dir helfen?«

Dann erschien ein Pfeil auf dem Boden, der auf die rechte Wand der Höhle zeigte.

Bella konnte an der Wand nichts Auffälliges finden. Sie tastete mit ihrer Hand darüber. Die Wand war glatt. Vielleicht war etwas dahinter. Allerdings hatte sie nichts zum Graben dabei. Sie wollte sich einen Stock aus dem Park holen. Sie sprach: »Ich bin gleich wieder da« und ging. Schnell fand sie einen Stock, der sich zum Graben eignete. Zurück in der Höhle begann sie, die Erde von der Wand abzulösen. Sie musste nicht lange graben, bis sie es sehen konnte. Es waren menschliche Knochen. Bella hielt sich die Hand vor den Mund. Ihr stiegen Tränen in die Augen. »Bist du das?«, fragte sie in den Raum. Das Wort »Ja« erschien auf dem Boden.

Bella grub weiter. Sie wollte die Knochen freilegen. Was ist mit dem Menschen passiert? Warum wurde er hier begraben? Als sie an das Gedicht dachte, wurde ihr klar, was geschehen sein musste. Dieser Mensch war Opfer von Intrigen. Er sollte für immer versteckt bleiben und elendig sterben. Ihr gingen viele Fragen durch den Kopf. Wie grausam das alles sein musste.

Was sollte sie jetzt machen? Sie konnte die Knochen doch nicht in ihren Rucksack packen und sie auf dem Friedhof vergaben. Bella beschloss, im Boden eine kleine Furche zu buddeln und ihn so würdevoll zu beerdigen. Als sie seine Knochen in den Erdboden gelegt hatte und diese wieder mit Erde bedecken wollte, zeichnete sich ein Kreuz in die Wand, wo sich die Knochen befanden. Scheinbar sollte Bella weiterbuddeln, um noch etwas zu finden. Sie machte sich an die Arbeit. Zum Vorschein kam ein mittelgroßer Stofffetzen mit roten Flecken. Gänsehaut lief über ihren Rücken. War das Blut? Sie warf es auf den Boden. Je länger sie es betrachtete, erkannte sie, dass die Flecken Buchstaben waren. Sie nahm den Stoff wieder auf und breitete ihn auf dem Boden aus. Darauf stand:

Meine Liebste,
wir wurden getäuscht und betrogen.
Sie haben mich dir weggenommen, damit du mich
nie wiedersiehst. Du sollst wissen, dass ich deiner
Familie nicht geschadet habe. Ich liebe dich auf
immer und ewig.
August

An der Seite trug der Stofffetzen eine kleine Tasche. Bella griff hinein und fand eine kleine lederne Börse. Darin lagen ein Ring und eine Zeichnung des Schlüssels, mit dem diese Reise begonnen hatte. Sie fragte: »Weißt du, wofür der Schlüssel ist?« Zur Antwort erschien auf dem Boden eine Zeichnung, die das Schloss zeigte. Am Fuße des Schlosses markierte er einen Raum, der zu diesem Schlüssel gehörte. Im Keller lag ein verborgener Raum. Bella bedankte sich. Zusammen mit dem Ring, dem Stoff und dem Zettel begrub sie die Knochen von August im Boden und schrieb »Ruhe in Frieden« in die Erde. Da der Ring für Augusts Liebste bestimmt war, legte sie ihn ebenfalls in das Grab. Ihr Gefühl sagte ihr, dass der Geist von August nun fort war. Sie holte von der Wiese Gänseblümchen und legte sie auf das Grab. Danach verließ sie endgültig den Gang und schloss den Schacht wieder, indem sie den Glitzerstein aus der Platte und die Bürste aus dem Stein löste. Jetzt wusste sie, wohin der Schlüssel gehörte.

Bella hatte überhaupt kein Gefühl, wie spät es schon war. Als sie zu Hause ankam, war es 23 Uhr. Ihre Familie lag schon im Bett. Ihre Sachen waren ziemlich schmutzig. Sie wollte sie morgen waschen. Bella duschte und wollte schlafen. Doch es fiel ihr schwer, Schlaf zu finden. Die Ereignisse des Tages gingen ihr durch den Kopf. Sie konnte nicht verstehen, warum der Mensch so grausam war. Nur um seinen Willen zu bekommen, ging er über Leichen und zerstörte anderen ihr Glück. Sie fragte sich, wieso Menschen oft von sich dachten, sie wären besser als andere und hätten so das Recht, grausam über das Leben anderer zu entscheiden. Bei dem Gedanken an August und wie er gelitten haben muss, liefen ihr die Tränen über das Gesicht. Sie versuchte sich abzulenken und dachte an Matthias. Morgen wollte sie ihn im Krankenhaus besuchen. Ein Schleier legte sich über ihre Gedanken und sie schlief ein.

G egen 9 Uhr stand Bella auf. Sie hörte nicht, wie ihre Eltern und ihre Schwester heute Morgen die Wohnung verließen, so tief und fest schlief sie. Sie machte sich Toast und Kaffee zum Frühstück. Während sie aß, wusch die Maschine ihre dreckige Wäsche. Ihre Mutter hätte einen Anfall bekommen, wenn sie die schlammige Hose gesehen hätte. Da Bella erst heute Nachmittag zu Matthias gehen wollte, beschloss sie, vorher ins Schloss zu fahren. Sie wollte sich erkundigen, ob Rundgänge oder Führungen angeboten wurden. Die Wäsche stellte sie mit dem Wäscheständer auf den Balkon. Es war zwar kalt, doch die Sonne schien. Vielleicht hatte sie Glück und bis heute Abend war alles trocken. Nachdem Bella mit allem fertig war, holte sie ihr Fahrrad aus dem Keller und fuhr los. Am Schloss angekommen ging sie in die Touristeninformation. Die freundliche Mitarbeiterin sagte ihr, dass es feste Zeiten für Führungen gibt. Diese wären immer am Mittwoch. Das hieß also morgen. Im Inneren war Bella enttäuscht. Sie wollte endlich wissen, was sie hinter dieser Tür finden würde. Sie versuchte die Mitarbeiterin zu überreden, ob sie nicht eine Ausnahme machen könnte. Doch es war nichts zu ändern. Also beschloss Bella morgen wiederzukommen. Sie fuhr noch ein wenig mit dem Rad durch die Gegend und hing ihren Gedanken nach. Sie dachte an Ruth, wie es ihr wohl ging und beschloss, zu ihr zu fahren.

Als Bella ankam, kehrte Ruth gerade von ihrem Einkauf zurück. Sie freute sich, Bella zu sehen. »Bella. Ich habe gerade an dich gedacht. Wie geht es dir? Möchtest du mit reinkommen? Ich wollte mir jetzt Kartoffeln kochen und dazu Quark essen.«

Das klang super. Bella liebte Kartoffeln und Quark. Sie konnte das Angebot nicht ausschlagen. Sie nahm Ruth den Einkauf ab und trug ihn in die Wohnung. Bella half ihr beim Schälen der Kartoffeln. Sie fühlte sich wohl bei ihr, erzählte, dass sie morgen erfuhr, ob sie ein geeigneter Spender für Matthias sei. Sie hoffte es.

Ruth sah sie voller Wärme und Dankbarkeit an und auf einmal sprudelte es nur so aus Bella heraus. Sie ließ ihrem Schmerz über die Trennung mit Tom freien Lauf. Sie erzählte Ruth von dem Brief und davon, dass sie Tom seither nicht wiedergesehen hatte und sich so nicht verabschieden konnte.

Ruth sah Bella an. »Ich kenne dieses Gefühl, wenn man mit einer Sache nicht abschließen kann.« Sie legte das Messer aus der Hand und umarmte Bella. Bella erwiderte diese Umarmung. Sie war so dankbar dafür. Ruth war wie eine Oma für sie. Tränen liefen ihr übers Gesicht. Bella schämte sich dafür nicht. Ihre Eltern mochten es nicht, wenn sie weinte. Sie konnten damit nicht umgehen.

»Komm setz' dich«, sagte Ruth. Sie schälte die Kartoffeln zu Ende und stellte sie auf den Herd. Dann bereitete sie den Quark zu. »Weißt du, ich habe meine große Liebe im Krieg verloren«, begann sie zu erzählen. »Er hieß Hermann. Ich liebte ihn von ganzem Herzen. Wir wollten eine gemeinsame Familie gründen und auf dem Land wohnen. Er war Sohn eines Bauern. Er hatte kräftige Hände und eine stattliche Figur. Die Mädchen umgarnten ihn. Doch er hatte nur Augen für mich. Ihn interessierten die anderen Mädchen nicht, auch wenn sie hübsch waren. Wir waren 19 Jahre alt, als er in den Krieg ziehen musste. Ich war schwanger. Doch das hatte ich ihm nie sagen können, denn er kam nicht mehr nach Hause. Er ist im Krieg gefallen. Der Kummer fraß mich auf. Ich freute mich auf unser gemeinsames Kind, doch es kam tot zur Welt. Das war sehr schlimm für mich. Ich wollte nicht mehr leben.«

Ruth nahm Bellas Hände und sah ihr in die Augen. »Dann traf ich Otto. Er war ein toller Mann und Mensch. Mit ihm habe ich die Familie gegründet.«

Bella sah, wie die Augen von Ruth strahlten.

»Das Schicksal hat oft Pläne mit uns, die wir erst später erkennen.«

Bella war von Wärme erfüllt.

»Meinen Schmerz über den Verlust von Hermann habe ich überwunden, indem ich für die gemeinsame Zeit dankbar war. Die Stunden mit ihm habe ich genossen. Ich erinnere mich gern daran zurück«, fügte sie zum Schluss hinzu.

Bella verstand, was sie sagen wollte. Trauer nicht über den Verlust, sondern sei dankbar für die gemeinsame Zeit. Die Kartoffeln waren fertig. Beide aßen genüsslich das feine Mittag und redeten über verschiedene Sachen aus ihrem Leben. Nachdem sie mit dem Essen fertig waren, bot Bella sich an, abzuwaschen und die Küche aufzuräumen. Ruth nahm das Angebot gern an. Sie war müde. Nachdem Bella fertig war, setzte sie sich auf den Sessel neben der Couch und schaute Ruth an. Sie musste an ihre Oma Rosi denken. Sie würde sie gleich heute Abend anrufen. Sie haben schon lange nicht mehr gesprochen. Es fiel Rosi schwer zu reden, da der Schlaganfall ihr Sprachzentrum einschränkte.

Ruth wurde wach. Sie hatte tief und fest geschlafen. Bella saß schlafend im Sessel und wurde von Ruth geweckt.

»Möchtest du einen Kaffee trinken?«, fragte sie.

Bella nickte. Sie hatte nicht mitbekommen, dass sie eingeschlafen war. Bella lächelte. Sie fühlte sich fast wie zu Hause. Aus der Küche hörte sie die Kaffeemaschine, sie liebte den Geruch von frischem Kaffee. »Möchtest du auch etwas dazu essen?« Doch Bella war noch satt. Sie wollte nur Kaffee. »Danach möchte ich zu Matthias ins Krankenhaus. Möchtest du mitkommen?«, fragte sie Bella. Ja, das wollte sie. Sie hoffte, dass sie ihm von dem gestrigen Ereignis erzählen konnte.

Im Krankenhaus angekommen sprach Ruth mit dem Arzt. Der Gesundheitszustand von Matthias hatte sich zu gestern hin nicht verschlechtert. Allerdings musste er jetzt künstlich ernährt werden. Es war schwer, den Schmerz zurückzuhalten. Doch Ruth wollte Matthias nicht zeigen, dass sie litt. Sie durften nur einzeln rein. Bella wartete eine halbe Stunde, bis sie in das Krankenzimmer durfte. Matthias sah schlimm aus. Er war nur noch ein Schatten seiner selbst. Bellas Herz krampfte. Sie fühlte sich so hilflos. Sie konnte ihr Erschrecken nicht verheimlichen.

»Schau nicht so gequält«, sagte Matthias und versuchte zu lächeln. »Ich weiß, dass ich nicht gerade gut aussehe.« Bella kullerten Tränen über die Wangen.

»Entschuldige. Ich wollte gar nicht weinen«, erwiderte sie.

»Ist okay. Erzähl mal. Was hast du gestern gefunden?« Bella wischte sich ihre Wangen trocken und erzählte, dass sie zufällig das Wort ›Mond‹ auf dem Leinentuch gefunden hatte. Sie wollte das Tuch nur etwas auswaschen. Sie erzählte, wie sie mit dem Spiegel versuchte, das Mondlicht einzufangen und zu reflektieren. Dabei hatte sich die Zeichnung vervollständigt. Somit wusste Bella, wohin sie gehen sollte. Sie sprach von dem Stein, welcher im Griff der Bürste versteckt war und dass sie die Bürste und den Stein brauchte, um einen Verschluss im Boden zu öffnen, der zu einem Gang führte. Sie erwähnte die Ketten und August, der hinter der Wand vergraben war. Sie ließ auch nicht den Geist aus, der ihr erschienen war. »Nun weiß ich, wofür der Schlüssel ist, mit dem alles begann«, endete ihre Erzählung.

Matthias schloss seine Augen, während er ihr zuhörte. Er hörte ihr gern zu. Sie hatte eine so lebendige und motivierende Art zu erzählen. Er spürte, wie für kurze Zeit das Leben in ihn zurückkehrte. Er war so froh, dass sie bei ihm im Stadtarchiv auftauchte. Sonst wäre er ihr bestimmt nie begegnet. Er öffnete seine Augen und lächelte. »Schade, dass ich nicht dabei sein werde, wenn du die Tür öffnest.«

Sie nahm seine Hand. »Ich werde dir alles genau erzählen und wenn du wieder zu Hause bist, gehen wir gemeinsam dorthin.«

Beide lächelten.

Es fühlte sich magisch an, Bella bekam eine Gänsehaut. »Ich gehe morgen ins Schloss und mache eine Führung. Ich hoffe, dass ich fündig werde.« Die halbe Stunde war um. Sie verabschiedete sich von Matthias. »Wir sehen uns morgen. Ich soll vormittags herkommen, um das Testergebnis zu erfahren. Dann komme ich zu dir. Bis dahin mache keine Dummheiten und laufe nicht weg.« Sie streichelte seine Hand.

»Nein. Ich werde nicht weglaufen. Bis morgen.« Er lächelte angestrengt.

Sie ging, draußen wartete Ruth. Gemeinsam gingen sie zurück zu Ruths Wohnung, wo sich Bella verabschiedete. Sie umarmten sich herzlich und Bella bedankte sich fürs Zuhören und das Essen. »Wir sehen uns morgen«, rief Bella und stieg auf ihr Rad, um nach Hause zu fahren. Inzwischen müssten ihre Eltern und ihre Schwester zu Hause sein. Sie aßen gemeinsam Abendbrot. Danach setzte sich Bella in ihr Zimmer, um alles aufzuschreiben.

E ndlich war es Mittwoch. Bella konnte kaum
schlafen. Sie war aufgeregt, hatte Angst und
hoffte gleichzeitig sehr, dass sie als Spender für
Matthias infrage kam. Sie aß ihr Frühstück und machte sich fertig, um pünktlich um 9 im Krankenhaus sein
zu können. Unruhig saß sie im Wartebereich, bis sie
der Arzt in das Zimmer holte.

»Hallo Bella. Setzen Sie sich.« Er wies auf einen
Stuhl.

»Und, was ist herausgekommen?«, fragte sie ge-
spannt.

Der Arzt lächelte sie an. »Sie können spenden.
Leider zählt jetzt jede Minute, da es Matthias nicht
sehr gut geht und sich sein Zustand immer mehr verschlechtert. Er darf für die Operation nicht zu schwach
sein. Dann hat er keine Chance mehr.«

Bella fragte: »Was kann ich tun?«

Der Arzt schaute auf den Monitor. »Wir müssen Sie noch untersuchen und abklären, dass Sie gesund sind, damit er und Sie die Operation gut durchhalten und überstehen können. Das müssten wir heute Nachmittag machen. Wenn alles okay ist, können wir Freitag operieren und Ihr Knochenmark transplantieren. Allerdings sind auch Risiken damit verbunden. Über diese Risiken klärt Sie dieses Blatt auf. Das lesen Sie bitte bis heute Nachmittag. Wenn Sie Fragen haben, können Sie diese noch vor der Operation stellen. Auch wird gleich ein Anästhesist mit Ihnen sprechen, damit sie über die Narkose ausreichend informiert sind. Wir sehen uns um 14:30 Uhr wieder hier. Die Untersuchungen dauern zirka eineinhalb Stunden.« Er stand auf und verabschiedete sich fürs Erste von ihr. Gleichzeitig öffnete sich die Tür und der Anästhesist kam herein. Er erklärte ihr die Risiken einer Narkose und fragte sie einige Dinge über ihre Gesundheit. Bella hatte zum Glück keiner dieser genannten Erkrankungen. Sie war fit und ist schon lange nicht mehr krank gewesen. Selbst ihre letzte Erkältung lag zwei Jahre zurück. Nachdem Bella das Formular unterschrieben hatte, durfte sie gehen. Erst jetzt merkte sie, dass sie heute Nachmittag doch die Führung im Schloss hatte. Sie begann zu rechnen. Wenn alles wie geplant läuft, war sie um 16 Uhr fertig. Die Führung begann 16:30. Vom Krankenhaus aus war es nicht weit zum Schloss. Das könnte sie schaffen. Bella wollte noch schnell zu Matthias, um ihm die positive Nachricht zu überbringen. Doch sie wurde nicht zu ihm gelassen. Ihm ging es wohl nicht so gut. Er brauchte Ruhe. Traurig verließ sie das Krankenhaus.

Sie ging in den Konsum, um sich etwas zu essen zu holen. Sie hatte Appetit auf Tomate mit Mozzarella. Das aß sie sehr gern. Sie schnitt die Tomaten in Schreiben, salzte und pfefferte sie und legte Mozzarellascheiben darauf. Auf den Mozzarella streute sie Oregano. Danach wurde alles etwa drei Minuten in der Mikrowelle erhitzt. Schon bei dem Gedanken daran lief ihr das Wasser im Mund zusammen. Bevor sie jedoch mit dem Einkauf nach Hause ging, wollte sie Ruth über die Neuigkeiten informieren. Als Bella bei Ruth klingeln wollte, öffnete sie gerade die Haustür. Sie war auf dem Weg zur Kirche. Sie wollte für Matthias beten. Bella begleitete sie ein Stück und erzählte ihr alles. Ruth stiegen vor Freude Tränen in die Augen. Sie drückte Bellas Arm und konnte sich nicht genug bei ihr für die Hilfe bedanken. Sie wolle ebenfalls für Bella beten. Dann trennten sich ihre Wege. Bella ging nach Hause. Sie musste noch auf der Arbeit anrufen und darüber informieren, dass sie voraussichtlich die kommende Woche auch nicht erscheinen konnte. Der Ausbilder zeigte großes Verständnis und wünschte ihr Glück. Obwohl ihr Ausbilder oft verpeilt und streng war, hatte er viel Liebenswertes und Menschliches.

Es war noch etwas Zeit bis zum Mittag. Sie wollte sich noch hinlegen und ein wenig Musik hören. Weil Bella schlecht geschlafen hatte, war sie müde. Zur Sicherheit stellte sie sich einen Wecker. Bereits beim ersten Lied schlief sie ein.

Auf einmal hörte sie Stimmen. Sie blickte um sich, konnte aber nichts und niemanden sehen. Bella hörte die Stimmen reden. Sie sprachen über sie.

Eine männliche Stimme sagte: »Seit drei Wochen liegt sie nun schon hier und nichts verändert sich. Manchmal denke ich, sie hört mich, wenn ich mit ihr rede. Wenn ich ihr Bett mache oder sie drehe, dann erkläre ich ihr, was ich mache. Dann bewegen sich ihre Augen. Es heißt doch, dass es ein Zeichen sei, dass man verstanden wird.«

Die andere Stimme erwiderte darauf: »Ja, das habe ich schon beobachtet. Ich lese ihr manchmal vor.«

Bella musste mal wieder träumen. Zum Glück klingelte der Wecker. Sie setzte sich auf und nahm ihre Kopfhörer ab. Die Situation gerade war sehr verwirrend. Vielleicht spielte ihr Verstand einen Streich mit ihr. Schließlich war sie seit nunmehr zwei Wochen auf Schnitzeljagd, um endlich das Schloss für den gefundenen Schlüssel zu finden. Sie erlebte einiges, Dinge, die ihr niemand glauben würde, außer Matthias. Bella machte sich Essen. Es war 13 Uhr. Bis 14 Uhr schaute sie fern und lenkte sich ab. Sie wollte ihren Kopf von allen Gedanken an die letzten Tage und das bevorstehende Ereignis lösen, was ihr jedoch nur schwer gelang. Um 14:15 Uhr kam sie im Krankenhaus an.

Der Arzt war bereits da. »Gut, dass Sie schon da sind. Da können wir starten. Umso schneller liegen die Ergebnisse vor.« Er lächelte.

Es folgte eine Reihe an Untersuchungen. Unter anderem wurde sie an ein EKG angeschlossen, um das Herz zu prüfen und ihr Blutdruck wurde gemessen. Nach einer Stunde war alles vorbei. »Gut. Das sieht alles gut aus. Den Rest der Ergebnisse erfahre ich morgen früh. Sie kommen bitte um 14:30 Uhr wieder zu mir. Dann nehmen wir Sie im Krankenhaus auf, damit gleich Freitag früh die Transplantation erfolgen kann. Ich hoffe nur, dass Matthias bis dahin wieder stabiler ist.« Er schaute bedrückt nach unten.

»Was ist mit ihm?«, fragte Bella.

Der Arzt antwortete: »Ich habe das Gefühl, er hat aufgegeben. Er hat heute jegliche Behandlung verweigert. Er wollte auch nicht mehr künstlich ernährt werden. Aber ich habe ihm versichert, dass er wieder gesund werden kann, weil Sie spenden können. Ich weiß nicht, ob ihm das geholfen hat. Am besten Sie gehen zu ihm und sprechen ihm Mut zu. Wir sehen uns morgen wieder.«

Sie verabschiedeten sich.

Bella ging in Matthias' Zimmer, Ruth war bereits dort. Sie saß an seinem Bett und hielt seine Hand. Seine Augen waren geschlossen. Ruth sprach mit ihm. Sie erzählte ihm gerade davon, dass Bella ihm helfen wird. Bella kam auf beide zu. Sie legte ihre Hand auf die Schulter von Ruth.

»Hallo Matthias, ich bin's, Bella. Freitag geht es los. Dann erhältst du gesundes Knochenmark und es geht wieder bergauf. Bitte halte solange durch. Du willst doch auch wissen, wofür der Schlüssel ist. Ohne dich macht die Schnitzeljagd überhaupt keinen Spaß. Ich brauche jemanden, der mir hilft. Du bist mein Partner.«

Ruth schaute sie ein wenig verwirrt an. »Wovon redest du«, fragte sie Bella.

»Das muss dir Matthias erzählen«, sagte sie – Ruth verstand.

Bella streichelte Matthias über die Stirn und über sein Gesicht. Sein Mund zeigte ein leichtes Lächeln und seine Augen öffneten sich einen winzigen Spalt. »Ja«, rief Bella. »Du kannst es. Kämpfe. Schließlich gibt es für dich noch so viel zu sehen und zu erleben.« Doch seine Augen schlossen sich wieder. »Bitte halte bis Freitag durch. Wir wollen nichts unversucht lassen. Du bist nicht allein. Wir helfen dir, alles zu überstehen«, wisperte Ruth.

Bella schaute auf die Uhr. »Ich muss gehen. Ich habe noch einen Termin im Schloss. Die Führung beginnt in 30 Minuten. Morgen werde ich dir erzählen, was ich gefunden habe.« Sie streichelte erneut über seine Wange, umarmte Ruth und verließ das Zimmer. Sie kämpfte mit den Tränen. Es war so schlimm. Diese Hilflosigkeit fraß sie auf. Umso mehr hoffte sie auf Freitag, dass alles gut verlief, und Matthias die Spende gut annahm.

22

S ie kam 16:15 Uhr im Schloss an. Es waren noch andere Interessenten vor Ort, die auf die Führung warteten. Sie startete pünktlich. »Der Bau des Schlosses begann im 12. Jahrhundert. Vorher stand eine hölzerne Burg auf der Fläche des heutigen Schlossgartens. Das Schloss diente als Verwaltungs- und Vogteisitz«, begann die Mitarbeiterin der Stadt Delitzsch zu erzählen. Sie liefen durch die einzelnen Etagen. Das hauptsächliche Herrenhaus bestand aus vier Etagen. Die Mitarbeiterin erzählte über das Schloss, als hätte sie selbst darin gewohnt. Bella fand es faszinierend, wie die Räume gestaltet waren. Die zweite Etage umfasste eine Fläche von 1000 Quadratmeter, verteilt auf zwölf Räume. Im Großen Ballsaal waren einige Gemälde und Kunstwerke der damaligen Zeit ausgestellt. Auch die Räume unter dem Dach beeindruckten sie. Jedoch konnte sie es kaum erwarten, in das Kellergewölbe zu kommen. Sie suchte eine Tür, passend zu ihrem Schlüssel. Sie hatte ihn eingesteckt, bevor sie ins Krankenhaus ging. Endlich gingen sie in die Kellergewölbe. Sie befanden sich unterhalb des Schlossfoyers. Sie besaßen Tonnengewölbe und bestanden seit dem 14. Jahrhundert. Es wurde vermutet, dass sich dort die Gefängnisverliese befanden. Die darüber liegenden Räume wurden als Arbeitsräume für einsitzende Frauen genutzt. Sie liefen durch den untersten Gang. Dieser war schwächer beleuchtet. Daher wirkte er mystisch. Während die Gruppe durch das Gewölbe lief, berichtete die Mitarbeiterin der Stadt, dass alle Türen bis auf eine grau waren. Nur eine Tür war golden. Zu dieser Tür gäbe es auch einen besonderen Schlüssel. Doch dieser wurde bislang nicht gefunden. Sie hatten sich anderweitig beholfen und ein weiteres Schloss an der Tür befestigt. Bella dachte, dass es diese Tür sein musste. Sie umfasste den Schlüssel und merkte, dass er wärmer wurde, genauso wie damals im Park, als sie ihn zusammen mit dem Kästchen fand. Sie hoffte, dass die Gruppe auch in diesen Raum gehen würde. Aber die Mitarbeiterin sagte, dass der Raum restauriert und renoviert werde. Deswegen konnten sie nicht hineingehen. »Na toll!«, dachte sich Bella. Sie überlegte, wie sie jetzt in den Raum kam. Schließlich würde ihr Schlüssel nicht ausreichen. Sie bräuchte auch den anderen. Als sie an dem Raum vorbeikamen, probierte sie, ob er vielleicht offen war. Manchmal schließen die Bauarbeiter nicht zu. Als sie die Klinke nach unten drückte, öffnete sich die Tür. Bella sprang das Herz vor Freude. Sie schlich sich in den Raum. Er war sogar beleuchtet. Bestimmt würde der Raum erst abgeschlossen werden, wenn die Mitarbeiter von der Stadt ihren Feierabend begonnen.

Bella hatte nicht viel Zeit. Sie sah sich im Raum um. Direkt der Tür gegenüber war ein Kamin. Im Kaminsims fand sie die Wörter Wikardus de Delce. Darunter stand 1166-08-20. Die Aufschrift des Schlüssels lautete W1166-D08-D20. Jetzt wurde ihr es klar. Die Aufschrift stand für die erste urkundliche Erwähnung der Stadt Delitzsch am 20.08.1166 als Wikardus de Dolce von Kaiser Friedrich I. Also war sie richtig. Sie musste etwas finden. Vielleicht würde ihr der Schlüssel helfen. Sie legte ihn auf die flache Hand und bewegte sich im Raum. Sie hoffte, dass er reagierte, wenn sie an die richtige Stelle kam. Bella sollte recht behalten. In der hinteren rechten Ecke des Raums erwärmte sich der Schlüssel. Sie lief zu der Stelle und schaute sich um. Sie konnte jedoch nur ein paar Sätze finden, die in die Wand geschrieben waren.

Alles geht zu Ende. Du entscheidest, wie.
Möchtest du die Wende, kämpfe. Du bist nicht allein.
Es ist ein Kreis. Der Anfang berührt das Ende.
Nimm dein Schicksal in die Hand. Geh ins weite Land
oder erinnere dich an das Band, was dich hält.

Bella las den Text mehrmals. Im Moment erkannte sie seine Bedeutung nicht. Darunter standen noch ein paar weitere Zeilen.

Engel schützen dich.
Engel geben Acht.
Eins ist weniger als Sieben.
Liebe ist unter ihm geschrieben.

Bella schrieb schnell beide Texte ab. Beim dem Wort Engel erinnerte sie sich an ein Bild, auf dem Engel abgebildet waren. Es hang auf der anderen Seite des Raums. Sie ging hinüber und betrachtete es. Auf dem Bild befanden sich sechs Engel. »Eins ist weniger als Sieben«, dachte sie laut. Dann suchte sie einen Engel, unter dem das Wort Liebe stand. Sie fand ihn. Er war in der äußersten oberen rechten Ecke und schien sie anzulächeln. Dieser Engel sah irgendwie lebendiger aus als die anderen. Sie ging näher heran und suchte, ob sie noch etwas Anderes bei dem Engel fand. Da war es. Direkt am Ast des Baums, unter welchem der Engel stand. Es waren zwei Zeichen: RV und die Ziffern 1850. Mehr konnte sie auf dem Bild nicht erkennen. Sie hörte Stimmen. Sie musste gehen, wenn sie nicht gesehen werden wollte. Schnell lief sie zur Tür und schloss sie hinter sich zu. »Kommen Sie bitte? Die Führung ist beendet. Der Raum ist derzeit für die Öffentlichkeit nicht freigegeben«, sagte die Mitarbeiterin der Stadt. Bella ging schnell an ihr vorbei und sagte nur: »Schade.« Beide gingen die Treppe hinauf, bis sie wieder am Eingang der Touristeninformation standen. »Auf Wiedersehen und vielen Dank«, verabschiedete sich Bella. Hinter ihr wurde die große wuchtige Tür des Schlosses geschlossen. Es war bereits dunkel. Es war 17:30. Sie fuhr nach Hause. Bella wollte noch mit ihren Eltern über die anstehende Operation sprechen. Zum Abendbrot gab es Brokkoli-Auflauf mit Bandnudeln. Es schmeckte ihr sehr gut. Sie wusste nicht, wie sie beginnen sollte, wollte ihre Eltern auch nicht beunruhigen. »Ich hatte euch letzte Woche erzählt, dass ich einem guten Freund aus einer misslichen Lage helfen möchte.«

Ihre Eltern sahen sie an. »Ja?«, fragte ihr Vater.

»Nun, ich habe mich testen lassen. Ich habe die nötige Übereinstimmung und kann Knochenmark spenden. Ich war heute beim Arzt. Es wurden auch weitere Untersuchungen durchgeführt, um zu sehen, dass ich auch richtig gesund bin. Morgen Nachmittag werde ich im Krankenhaus aufgenommen und Freitag in der Früh ist die Operation.«

Ihre Mutter schaute sie mit großen Augen an. »Das geht jetzt aber doch recht schnell«, sagte sie.

»Ja.«, erwiderte Bella. »Matthias braucht die Spende dringend, sonst schafft er es nicht mehr.« Sie erzählte ihnen, wie der Eingriff erfolgen sollte und auch welche Risiken für sie damit verbunden waren. Sie sah, dass es ihren Eltern nicht egal war und befürchtete, dass sie jetzt gegen den Eingriff waren. Auf der anderen Seite war Bella volljährig und konnte selbst darüber entscheiden.

Ihr Vater sah sie an: »Es bringt sicherlich nichts, dich davon abhalten zu wollen.«

Bella nickte. »Ich habe mich dazu entschlossen.«

»Gut. Es wird alles klappen. Die Ärzte machen das nicht zum ersten Mal. Warum soll gerade bei dir etwas schieflaufen?«, wisperte ihre Mutter mit gebrochener Stimme. »Ich werde morgen zeitiger von Arbeit kommen und dich ins Krankenhaus bringen. Ich möchte mit dem Arzt sprechen.«

Es war ihrer Mutter jetzt wichtig, dass sie wenigstens wusste, welcher Arzt diesen Eingriff vornahm. Bella lächelte: »Gern.« Die Stimmung war gedrückt. Keiner sprach mehr ein Wort. Sie räumten den Tisch ab. Bella reinigte das Geschirr und stellte es wieder in die Schränke.

Nachdem sie sich gewaschen hatte, saß sie in ihrem Zimmer und dachte über die Zeilen und die Zeichen RV sowie die Zahl 1850 nach. 1850 stand mit Sicherheit für ein Jahr. Sie nahm das Buch, welches sie aus der Bibliothek bei sich hatte und schaute nach, ob sie etwas unter dieser Jahreszahl finden konnte. Sie fand tatsächlich ein passendes Datum: 10. Mai 1850, Gründung der Genossenschaftsbank. Sie sollte unter anderem Bauern und Handwerksbetrieben in wirtschaftlich schweren Zeiten helfen, weiterhin am Markt bestehen zu können. Die Gründer waren Friedrich Wilhelm Raiffeisen und Hermann Schulze-Delitzsch. Die Bank nannte sich Raiffeisen und Volksbank, Abkürzung RV. Also musste Bella als Nächstes dorthin. Sie würde gleich am Vormittag gehen, damit sie vor der Operation wusste, was der Hinweis zu bedeuten hatte. Jetzt war sie müde. Sie legte sich auf ihr Bett und hörte zum Entspannen die Musik von Oliver Shanti. Ihr gingen die Zeilen durch den Kopf.

Alles geht zu Ende. Du entscheidest, wie.
Möchtest du die Wende, kämpfe. Du bist nicht allein.
Es ist ein Kreis. Der Anfang berührt das Ende.
Nimm dein Schicksal in die Hand. Geh ins weite Land
oder erinnere dich an das Band, was dich hält.

Ihr Gefühl sagte ihr, dass es um das Leben und den Tod ging. »Ich entscheide über das Ende. Will ich bleiben, muss ich kämpfen. Wenn ich gehe, ziehe ich ins weite Land«, dachte sie. »Wieso stand dieser Text dort an der Wand?«, dachte sie weiter. Sie hätte es gern gewusst. Doch sie konnte die Frau aus dem Schloss nicht fragen. Dann hätte Bella sich verraten, dass sie unbefugt hineingegangen war. Die CD war fertig. Bella legte den CD-Player und die Kopfhörer beiseite und drehte sich auf ihre Schlafseite. Sie war aufgeregt wegen morgen. Zum einen wusste sie noch nicht, wonach sie in der Bank suchen sollte und zum anderen war sie wegen der Operation nervös. »Es wird alles gut«, flüsterte sie und schlief ein.

Im Traum erschienen ihr wieder die Stimmen, die sie heute schon einmal gehört hatte. Doch sie erkannte niemanden. Sie sah die Konturen wie durch einen Schleier. Sie waren weiß und in ein helles Licht getaucht. Waren es Engel?

»Hallo Bella. Wie war dein Tag?« fragte eine Stimme.

Bella wollte antworten, doch es ging nicht. »Was wollte diese Stimme von mir?«

Jetzt bewegte sich der andere Schatten. »Komm, lass sie schlafen. Sie hatte einen anstrengenden Tag.« »Woher wusste diese Stimme das?«, fragte sie sich. Beide liefen in Richtung Tür.

Bella wollte etwas rufen. Ihre Stimme gehorchte ihr nicht. Sie wollte ihre Hand heben, doch auch das blieb ihr verwehrt. Sie hatte das Gefühl, hilflos im Bett zu liegen, gefesselt und stumm.

Die Schatten verließen den Raum und das Licht wurde gedimmt.

Bella schlief wieder tief und fest.

Bella stand um 9 Uhr auf und frühstückte. Sie erinnerte sich nicht mehr an den merkwürdigen Traum. Gleich nach dem Frühstück wollte sie in die Bank, als das Telefon klingelte.

»Hallo?«, sagte sie.

»Bella, sind Sie es?«, fragte die andere Stimme.

»Ja«, antwortete sie.

»Bella, wir können nicht länger warten. Bitte kommen Sie sobald es Ihnen möglich ist ins Krankenhaus. Wir müssen die Operation schon heute durchführen. Die Vitalwerte von Matthias verschlechtern sich.«

Bella war mit einmal völlig durcheinander. »Okay. Ich bin spätestens 10 Uhr da«, sagte sie und legte auf. Sie wusch sich schnell, packte ein paar Sachen und rief bei ihrer Mutter auf Arbeit an, dass sie schon jetzt ins Krankenhaus musste.

»Okay, Bella. Dann besuche ich dich heute noch nach der Operation, wenn das möglich ist«, erwiderte sie.

Bella vernahm ein Schluchzen. »Es wird alles gut«, wollte sie ihre Mutter beruhigen. Sie legte auf und ging ins Krankenhaus. Ein wenig ärgerte sie sich darüber, dass sie nun nicht vorher in die Bank gehen konnte. Doch das könnte sie auch noch später machen.

Pünktlich 10 Uhr war sie im Krankenhaus. Der Arzt sagte, dass sie Operation auf 14 Uhr angesetzt sei. Bella sollte zu Matthias gehen und ihm Mut zusprechen. Er schien sich aufgegeben zu haben. Nachdem alle nötigen Formulare ausgefüllt waren, ging sie zu Matthias. Er sah schlimm aus. Sie hielt sich die Hand vor den offenen Mund, um ihren Schreck nicht zu sehr zu zeigen. Doch Matthias' Augen waren geschlossen. Er schien kaum zu atmen. Sie setzte sich neben ihn ans Bett und nahm seine Hand. »Hey!«, flüsterte sie. »Was machst du? Wir haben doch vereinbart, dass du durchhältst und wir das gemeinsam durchstehen. Du darfst nicht aufhören zu kämpfen.« Ihre Stimme zitterte. Tränen stiegen ihr ins Gesicht. Sie fühlte sich so hilflos, weil sie ihm in diesem Moment nichts abnehmen konnte. Da kam ihr der Spruch in den Sinn. Bella erzählte von ihrem Rundgang im Schloss und von dem Zimmer, zu dem der Schlüssel gehörte. Sie berichtete, dass sie nun wusste, was die Gravur im Schlüssel bedeutete. Sie erzählte ihm von dem Spruch und zitierte ihn:

Alles geht zu Ende. Du entscheidest, wie.
Möchtest du die Wende, kämpfe. Du bist nicht allein.
Es ist ein Kreis. Der Anfang berührt das Ende.
Nimm dein Schicksal in die Hand. Geh ins weite Land
oder erinnere dich an das Band, was dich hält.

Jetzt wusste sie, dass es darum ging, zu entscheiden, ob man für das Leben kämpft oder sich von seinen Lieben verabschiedet. Es blieb ihr kurzzeitig die Luft weg. Warum hatte sie diese Zeilen gerade jetzt gefunden? Ihr ging so viel durch den Kopf. Sie blickte wieder zu Matthias und erzählte von dem Bild mit den Engeln, und dass sie die Zeichen RV und 1850 bei dem einen Engel gefunden hatte. »Das ist die Abkürzung der Volksbank und Raiffeisenbank. Die Genossenschaftsbank wurde 1850 gegründet. Dorthin muss ich als Nächstes gehen. Nur weiß ich nicht, wonach ich noch suchen soll. Eigentlich wollte ich heute Vormittag gehen, aber der Arzt rief an und meinte, dass wir schon heute operieren.«

Sie setzte sich aufrecht auf ihren Stuhl und sah ihn an. Er sah so friedlich aus. Von dem kräftigen Körper war nichts mehr zu sehen. Er wirkte in sich eingefallen und blass. Bestimmt hatte er Schmerzen. »Weißt du noch, wie wir uns kennengelernt haben? Ich kam ins Stadtarchiv, weil ich wissen musste, welches Bauwerk man mit Mäusen in Verbindung bringen konnte. Du bist mir gefolgt, obwohl ich das nicht wollte. Jetzt bin ich froh, dass du nicht auf mich gehört hast. Alleine wäre ich nicht unter den Brunnen gegangen, geschweige denn hätte ich so manches herausgefunden. Außerdem hätte ich deine tolle Oma nicht kennengelernt. Sie ist so lieb und so herzlich. Sie erinnert mich sehr an meine Oma Rosi.« Als Bella ihre Hand aus der von Matthias ziehen wollte, spürte sie eine Regung. Er deutete an, dass sie nicht loslassen solle. Sie rückte näher zu ihm. »Matthias. Wir schaffen das. Hörst du? Gib bitte nicht auf. Wir können noch so viele Dinge zusammen machen, uns besser kennenlernen, gemeinsam mit deiner Oma ihr leckeres Essen genießen. Ich stelle dir meine Familie vor und wir fahren auch mal zu meiner Oma. Das Leben hat noch so viel zu bieten. Du machst deine Ausbildung fertig und erfüllst dir deine Träume.«

Auf einmal öffnete Matthias die Augen. Er sah Bella an. Tränen rannen über sein Gesicht. Seine Lippen waren trocken.

Bella befeuchtete sie.

Er deutete an, dass er etwas trinken wollte.

Sie gab ihm den Trinkbecher und half ihm dabei, seinen Kopf anzuheben.

Er versuchte zu reden. Es war jedoch so leise, dass sie mit ihrem Kopf näher an seine Lippen herankommen musste. »Bella. Du bist so außergewöhnlich. Ich wusste sofort, dass du etwas Besonderes bist, als du ins Archiv gekommen bist. Ich habe es gefühlt. Du hast so einen warmen, herzlichen Blick.«

Bella musste schlucken. Sie kämpfte mit den Tränen.

Die Zeit verging. Beide mussten für die Operation vorbereitet werden. Bella legte ihre Hand auf seine Wange und verabschiedete sich von Matthias. »Wir sehen uns bald wieder«, sagte sie. Danach ging sie in ihr Krankenzimmer, wo sie vorbereitet wurde. Sie bekam ein OP-Hemd und eine Beruhigungstablette. In ihren rechten Arm stach die Krankenschwester eine Nadel und legte einen Zugang für Medizin, die möglicherweise während oder nach der Operation benötigt wurde. Inzwischen war Bella ziemlich aufgeregt. Doch der Arzt versicherte ihr, dass alles klappen werde. Sie war gesund und kräftig genug für den Eingriff. Es musste schnell gehen, da Matthias nicht mehr so stabil war. Der Arzt wollte ihn nicht aufgeben.

Bella wurde in ihrem Krankenbett in den Fahrstuhl gerollt. Sie zitterte am ganzen Körper und hatte das

Gefühl, sie würde erfrieren. Doch das war nur die Aufregung. Sie glaubte nicht, dass ihr das Beruhigungsmittel half. Im Operationssaal angekommen sprach ihr der Arzt Mut zu und bekundete seine Anerkennung dafür, dass sie jemandem anderen das Leben retten möchte. Sie bekam eine Maske über Nase und Mund und war in weniger als einer Minute eingeschlafen. Die Operation dauerte vier Stunden. Sie verlief bei Bella reibungslos. Bei Matthias jedoch gab es Komplikationen. Die Ärzte und OP-Schwestern gaben alles, um ihn stabil zu halten. Auch er wurde am Ende in den Aufwachraum befördert. Um 20 Uhr war Bella wieder auf ihrem Zimmer. Dort wartete bereits ihre Familie auf sie. Sie waren froh, als sie Bella sahen. Bella war überrascht.

»Wie geht es dir? Fühlst du deine Beine, deine Arme?«, fragte ihre Mutter.

Bella nickte. Sie fühlte ihren ganzen Körper wie vor der Operation. Allerdings merkte sie auch am Rücken einen stechenden Schmerz. Doch das hielt sich in Grenzen. Da Bella noch ziemlich müde war, blieben ihre Eltern und ihre Schwester nicht lange. Sie verabschiedeten sich und sagten, dass sie morgen wiederkämen. Ihre Mutter gab ihr einen Kuss auf die Stirn und ging. Bella schlief ein.

Am nächsten Morgen wurde Bella gegen 6 Uhr geweckt. Anschließend wurden ihre Vitalwerte gemessen und notiert. Sie konnte sich etwas zum Frühstück bestellen. Sie fragte, wie es Matthias ging, ob er die Operation gut überstanden hatte. Doch die Schwestern konnten ihr keine Auskunft geben. Sie meinten, dass der Arzt, der später zu ihr kommen würde, bestimmt mehr über seinen Zustand wusste. Dann war sie wieder alleine. Es war so still. Am liebsten wäre sie zu Matthias gegangen. Sie wollte ihn sehen. Mit diesem Gedanken schlief sie schließlich ein. Das Frühstück kam gegen 8. Bella aß, als hätte sie seit Tagen nichts mehr gegessen. Danach ging sie ins Bad und machte sich frisch. Sie hing an einem Tropf, den sie mitnehmen musste.

Gegen halb 10 kam der Arzt. Er sagte: »Na, wie geht's Ihnen?«

Bella nickte und antwortete: »Gut. Ich spüre alles und habe keine Schmerzen.«

Der Arzt schaute sich die Wunde am Rücken an. Sie sah gut aus. Er war sehr zufrieden. »Bei Ihnen hat alles gut geklappt. Bei Matthias wiederum müssen wir nun hoffen, dass der Körper noch ausreichend Kraft hat, um das neue Knochenmark anzunehmen und gesunde Zellen zu produzieren. Das bedarf Geduld und Zeit. Heute darf er noch keinen Besuch empfangen. Mal sehen, wie es morgen ist. Wenn bei Ihnen alles gut verheilt, können sie Sonntag schon wieder raus. Wir behalten Sie nur zur Überwachung hier.«

Bella nickte. »Gut. Danke. Bitte bestellen Sie Matthias schöne Grüße von mir. Sobald ich kann, besuche ich ihn«, sagte sie dem Arzt, bevor dieser ging.

Als ihre Familie kam, schlief Bella gerade. Ihre Mutter hatte ihren Lieblingskuchen mitgebracht. Sie tranken gemeinsam Kaffee und sprachen über vielerlei Dinge. Das hatten sie schon lange nicht mehr getan. Bella genoss es und dachte, dass sie das öfter tun möchte. Sie sagte ihren Eltern, dass der Arzt gemeint hat, sie könne am Sonntag das Krankenhaus verlassen, wenn nichts dazwischenkam. Matthias ging es nicht so gut und sie hoffte, dass sie ihn noch besuchen konnte, bevor sie entlassen wurde.

Es war Sonntag. Der Tropf konnte Freitagabend ab. Bella fühlte sich gut. Aber sie konnte noch immer nicht zu Matthias. Ruth hatte sie am Samstag besucht. Da waren gerade ihre Eltern da. So konnten sich beide Seiten bekanntmachen. Ruth erzählte vom Schicksal von Matthias' Familie.

Ihre Eltern zeigten Mitgefühl, was Bella in der Form noch nie gesehen hatte. Aber heute konnte sie das Krankenhaus verlassen. Sie sollte sich jedoch am Dienstag nochmal beim Arzt vorstellen. Er wollte sicher sein, dass keine Komplikationen auftraten. Oftmals konnte es noch Tage nach der Operation dazu kommen. Montag musste Bella zum Hausarzt, um sich eine Krankschreibung für die Woche abzuholen. Nach dem Abendessen wollte Bella schlafen. Ihr gingen so viele Dinge durch den Kopf. Sie wollte endlich sehen, wie es Matthias ging. Sie hatte Angst, dass er sich für das weite Land entschied. Mit diesen Gedanken schlief sie ein.

24

Bella träumte sehr lebendig. Sie war mit dem Rad unterwegs. Als sie eine Straße überqueren wollte, bog ein Auto ab und riss sie mit. Der Fahrer des Autos schien sie nicht gesehen zu haben. Bella fiel vom Rad und rollte ein Stück. Das Auto fuhr über das Bike und kam vor Bella zum Stehen. Sie fühlte die Schmerzen in ihrem ganzen Körper. Blut lief ihr über das ganze Gesicht.

Der Mann stieg panisch aus dem Auto und beugte sich über sie. »Hallo, hallo! Hören Sie mich?«

Doch Bella antwortete nicht. Sie war nicht bei Bewusstsein. Bella sah ihren Körper bewegungslos auf der Straße liegen. Der Mann rief den Rettungsdienst. Er holte eine Decke und legte sie über ihren Körper. Es fühlte sich für sie so echt an, nicht so, als wäre es ein Traum. Der Rettungsdienst kam und sprach mit ihr. Doch sie reagierte nicht. Bella wollte wieder aufwachen. Sie hatte Angst. Im Schlaf rannte sie weg und wachte auf. Völlig schweißgebadet saß sie in ihrem Bett und hielt beide Hände vor ihr Gesicht. Was sollte das bedeuten? Warum träumte sie so etwas Schreckliches? Aus Angst, der Illusion könnte zurückkehren, schaltete sie ihr Licht an und schrieb in ihr Buch über die letzten Tage. Es war 3 Uhr nachts.

Ihr Vater kam zur Tür rein und fragte, warum sie nicht schlief.

Bella meinte, sie habe sehr schlecht geträumt und wolle deshalb nicht mehr schlafen. Sie wollte ihrem Vater nichts davon erzählen. Er setzte sich zu ihr aufs Bett und sah sie an. »Weißt du, ich hatte schon Angst, dass du die Operation nicht überstehst. So ein Eingriff ist nicht ohne. Deswegen bin ich froh, dass alles gut gegangen ist und du wieder hier bist.« Er nahm sie in den Arm.

Bella genoss diese Umarmung. »Ich hatte auch Angst, aber ich wollte helfen. Nur jetzt höre ich nichts mehr. Ich weiß nicht, wie es Matthias geht, ob er es überstanden hat. Die Ärzte weichen mir aus. Ich verstehe das nicht.« Bellas Augen füllten sich mit Tränen. Diese Ungewissheit schien sie aufzufressen.

»Vielleicht gehst du morgen wieder ins Krankenhaus und fragst. Oder Ruth kann dir etwas sagen? Aber jetzt leg dich wieder hin. Es ist noch so viel Zeit bis zum Morgen.«

Bella wurde ruhiger und legte sich wieder ins Bett. Sie hoffte, dass sie dieses Mal gut schlafen konnte. Bevor sie einschlief, dachte sie daran, dass sie auch noch in die Bank wollte, um sich zu erkundigen, was diese Zeichen RV 1850 zu bedeuten hatten. Mit diesem Gedanken schlief sie ein. Um 8 Uhr wachte sie auf. Ihre Familie war bereits aus dem Haus. Sie hatte nicht mehr geträumt, worüber sie ganz froh war. Der Traum war sehr erschreckend und so real gewesen. Sie trank einen Kaffee. Essen konnte sie nichts. So viel ging ihr durch den Kopf, Matthias, der Traum, die Bank.

Beim Arzt musste sie nicht lange warten. Direkt danach ging sie in die Bank an den Schalter. »Bitte entschuldigen Sie. Ich habe auf einem Bild diese Gravur gefunden.« Sie zeigte ihren Zettel der Bankangestellten.

Sie konnte jedoch nichts damit anfangen. »Ich rufe jemanden, der sich damit auskennt. Ich bin noch nicht so lange hier. Bitte warten Sie einen Moment.« Sie ging zum Telefon und rief in der Verwaltung an.

Ein gutaussehender Mann mittleren Alters kam ihr entgegen. Er trug einen weißen Anzug, was für eine Bank ungewöhnlich war. Sein Lächeln war sehr erwärmend. »Guten Tag. Wie kann ich Ihnen helfen?«

Bella zeigte ihm den Zettel mit den Buchstaben und Ziffern RV 1850.

Er deutete ihr, dass sie ihm folgen soll. Sie stiegen in einen Fahrstuhl. »Wo haben Sie das gefunden?«, fragte er.

»Ich war im Delitzscher Schloss in einem der Zimmer. Dort hing ein Gemälde mit Engeln. Unter einem der Engel standen diese Buchstaben und Ziffern geschrieben.«

Der Mann staunte. »Wie sind Sie auf unsere Bank gekommen?«, fragte er weiter.

»Ich habe die Zahl als Anhaltspunkt genommen. Sie verwies auf die Gründung der Genossenschaftsbank.«

»Sehr gut«, erwiderte er. Sie waren im Keller angekommen und stiegen aus dem Fahrstuhl. Er ging zu einer Tür am Ende des Ganges. Es war ihr ein wenig unheimlich, doch sie hatte keine Angst, hatte der Mann doch etwas Vertrauenserweckendes an sich. Er öffnete die Tür und bat sie, einzutreten. Jetzt befanden Sie sich in einem Raum, der aussah, als wäre er einer der ältesten des Gebäudes. Es hingen zwei Bilder darin – Bilder der Gründer Friedrich Wilhelm Raiffeisen und Hermann Schulze-Delitzsch. Darunter befand sich ein kleines Schließfach mit der Nummer 1850. Der Mann öffnete das Schließfach. Zum Vorschein kam ein schlichtes Kästchen. Er lächelte und gab es Bella. »Bitte, öffnen Sie es.«

Bella war unsicher. Was würde sie darin finden? Sie schaute ihn an. Er nickte ihr zu und ermutigte sie. Also öffnete Bella das Kästchen.

Sie sah in das Kästchen hinein. Weißes Licht schien ihr ins Gesicht. Sie hatte das Gefühl, dass sie in das Kästchen gezogen wurde. Auf einmal hörte sie Stimmen.

»Doktor, sie wacht auf.« Sie sah zwei Schatten im weißen Licht. Langsam nahmen diese Schatten Gestalt an. Sie sah Konturen von den Gegenständen im Raum. Das helle Licht wurde dunkler, bis es gänzlich verschwand. Bella blinzelte. Sie wusste nicht, wo sie war. Gerade war sie doch in der Bank bei diesem netten Herrn gewesen und hatte in ein Kästchen geschaut. Jetzt stand der Mann vor ihr und hatte einen Arztkittel an. Neben ihm stand die Dame, mit der sie am Schalter der Bank gesprochen hatte. Bella war durcheinander. »Wo bin ich?«, fragte sie verängstigt.

»Hallo Bella. Sie sind im Krankenhaus. Sie hatten vor einem Monat einen schweren Verkehrsunfall und lagen bis heute im Koma. Sie mussten operiert werden. Doch nun sind Sie wach und werden wieder gesund.«

Bella versuchte sich zu erinnern. Einen Verkehrsunfall? Wann soll das passiert sein und wie?

»Ich bin übrigens Matthias Schnell und das ist Ruth Körner«, stellten sich der Arzt und die Krankenschwester vor.

Nun verstand Bella gar nichts mehr. »Aber Matthias war doch schwer krank. Er brauchte Hilfe. Ich habe ihm Knochenmark gespendet. Wo ist er?«

Der Arzt meinte nur, dass sie während der Zeit ihres Komas viel geträumt hatte.

Bella verstand nur Bahnhof. Was wollte der Arzt ihr erzählen? Sie schaute Ruth an. »Sie waren doch die Oma von Matthias. Sie hatten nur noch ihn von ihrer Familie.« Bella schätzte die Krankenschwester auf Mitte 50. Der Arzt machte ein paar Untersuchungen und schrieb Ergebnisse von den Geräten ab, an die Bella angeschlossen war. »Patienten, die im Koma liegen, nehmen ihre Umgebung unterschiedlich wahr. Dinge verschieben sich. Manchmal geht man in seine Erinnerungen zurück, in eine bereits gelebte Zeit, und vermischt sie mit Dingen, die man in seiner Fantasie wahrnimmt.« Bella wollte es nicht glauben und fing an zu weinen.

»Ruhen Sie sich aus. Ihre Reaktion ist normal. Wir werden Ihre Familie informieren, dass Sie wach sind. Sie haben nicht aufgegeben. Es gab Momente, wo es wirklich sehr schlecht um Sie stand. Doch Sie haben gekämpft.« Bella hörte gar nicht richtig zu. Für sie wirkte diese Situation nicht real. Sie dachte noch immer, dass es ein Traum war und schloss wieder die Augen. Sie überlegte und versuchte sich zu erinnern. Sie soll einen Unfall gehabt und seither im Koma gelegen haben. Ihr schmerzte der Kopf bei dem vielen Nachdenken. Sie weinte und schlief kurz darauf ein.

Am nächsten Tag wurde sie von der Krankenschwester geweckt. »Guten Morgen, Bella. Wie fühlen Sie sich?«

Bella schaute sie an. Es war also kein Traum, sie lag wirklich im Krankenhaus. »Ich kann es nicht glauben, dass ich die ganze Zeit nur geträumt habe. Es fühlte sich alles so echt an!« Sie schaute Ruth an.

»Ja«, sagte Ruth. Das berichten viele Komapatienten. Sie befinden sich in einer eigenen Welt und integrieren Personen, die in der realen Welt um sie herum sind. Manche Patienten haben sogar erzählt, dass sie die ganze Zeit neben ihrem eigenen Körper stehen und sich selbst ansehen.«

Daran konnte sich Bella erinnern. Davon hatte sie geträumt. Oder war es real? »Übrigens. Ihre Familie kommt gleich. Ihre Kinder und Ihr Mann haben Sie jeden Tag besucht.« Bella schaute sie erstaunt an. »Meine Kinder und mein Mann?« Sie hatte doch gar keine feste Beziehung. Tom hatte sie doch erst vor wenigen Wochen verlassen. Sie suchte im Zimmer nach einem Kalender. Welches Jahr hatten wir gerade? Sie fand einen, an der weißen Wand hängend. Dort stand in großen Ziffern 2020. »Was? 2020? Aber es war doch gerade noch 1998. Das kann nicht stimmen.« Bella regte sich auf. Schwester Ruth hatte Mühe, sie zu beruhigen und wollte fast zu Beruhigungsmitteln greifen, als die Tür aufging. Zur Tür kamen zwei Kinder und ein Mann herein. In diesem Moment kamen die Erinnerungen zurück. Bella sah sie und in dem Moment erinnerte sie sich wieder an alles. Sie hatten Blumen mitgebracht. Ginger weinte vor Freude und umarmte sie.

»Mama, ich hatte solche Angst, dass du nicht mehr aufwachst.«

Auch ihr Sohn Laurin beugte sich zu ihr und strich ihr zart über das Gesicht. »Das machst du nicht nochmal mit uns. Die letzten Wochen waren grausam.« Jetzt liefen auch ihm die Tränen übers Gesicht.

Ihr Mann Marcel konnte gar nichts sagen, denn auch er kämpfte mit seinen Gefühlen. Er umarmte sie und sagte: »Schön, dass du zurück bist. Wir hatten solche Angst, dich zu verlieren.«

Bella setzte sich ein wenig auf. Dabei merkte sie, wie ihr die Rippen schmerzten. »Ihr müsst mir alles erzählen. Ich weiß nichts mehr.«

Marcel begann zu berichten. »Du warst mit dem Fahrrad unterwegs und wolltest eine Runde fahren, weil du Bewegung brauchtest. Du wolltest über die Straße, als dich ein abbiegendes Auto erwischte. Der Fahrer hat telefoniert und war deswegen abgelenkt. Er hat dich angefahren. Du wurdest vom Rad geschleudert. Er fuhr sogar noch ein wenig über das Rad. Du warst bewusstlos und hattest schwere Kopfverletzungen. Zwei Rippen waren geprellt. Zum Glück war nichts gebrochen und die Wirbelsäule war auch okay. Der Fahrer rief den Notarzt. Du wurdest ins Krankenhaus eingeliefert. Die Kopfverletzung war sehr schwerwiegend. Du hattest innere Blutungen, die Druck auf das Gehirn ausübten. Der Arzt konnte erstmal nur abwarten. Dann verschlechterte sich dein Zustand und du musstest operiert werden. Der Arzt meinte, dass es sein kann, dass du gegebenenfalls ein Pflegefall wirst. Aber das konnte er nicht mit Gewissheit sagen. Manche Patienten haben sich ohne Komplikationen wieder erholt.«

Bella hörte zu und konnte es nicht begreifen, dass ihr vier Wochen Lebenszeit und Zeit mit ihrer Familie genommen wurden, weil ein unachtsamer Mensch Auto gefahren war. Sie schloss die Augen. In dem Moment überkam es sie. Sie weinte herzzerreißend. Sie war so dankbar, dass sie noch lebte und wieder bei ihrer Familie sein konnte. Sie herzte alle. Jetzt würde alles gut werden, dachte sie. Sie musste an die Zeilen denken, die sie in ihrer Traumwelt gelesen hatte.

Alles geht zu Ende. Du entscheidest, wie.
Möchtest du die Wende, kämpfe. Du bist nicht allein.
Es ist ein Kreis. Der Anfang berührt das Ende.
Nimm dein Schicksal in die Hand. Geh ins weite Land
oder erinnere dich an das Band, was dich hält.

Jetzt verstand sie. Diese Zeilen waren für sie gedacht. Sie konnte entscheiden, ob sie kämpfte oder sich für den Tod entschied. Doch sie wollte noch nicht gehen, denn sie hatte noch so viel vor.

Bella musste noch zwei Wochen für verschiedene Untersuchungen im Krankenhaus bleiben. Von Tag zu Tag ging es mit ihrer Gesundheit aufwärts. Sie machte Fortschritte, konnte sich dank der Physiotherapie immer besser bewegen. Sie freute sich auf zu Hause und hatte sich vorgenommen, ihr Leben ab jetzt bewusster zu führen, die Zeit mit ihrer Familie bewusster zu leben und jeden Tag zu genießen.

ENDE

 NACHWORT

Fakten über Delitzsch

Die Stadt Delitzsch wurde am 20.08.1166 das erste Mal urkundlich durch Friedrich I. erwähnt.

1200 erhielt die Stadt das Stadt- und Marktrecht durch die wettinischen Landesherren. 1457 wurde die Wehranlage, bestehend aus Stadtmauer, Wachtürmen (Breiter und Hallischer Turm), Wall, Wassergraben (heute Wallgraben) und Zwinger, fertiggestellt. Das Delitzscher Schloss entstand ab Mitte des 12. Jahrhunderts und ist noch heute sehr ansehnlich. Die Stadt durchlief eine lebendige Entwicklung in der Geschichte. Mit dem Stadtfest »Peter und Paul« wird an die Belagerung durch die Schweden im Dreißigjährigen Krieg erinnert. Der Krieg war für die Geschichte der Stadt und ihre weitere Entwicklung einschneidend. Es wechselten stetig die Markgrafschaften. Durch die Türme, die noch immer stehen und die Geschichte von Delitzsch erzählen, trägt die Stadt den Beinamen »Stadt der Türme«.

Über die Stadt gibt es viel zu lesen.

Unter Wikipedia (»Geschichte von Delitzsch«) und

> https://stadtarchiv-delitzsch.de/index.php/
> stadtgeschichte/delitzscher-stadtchronik-
> 1207-1990https://stadtarchiv-delitzsch.de/
> index.php/stadtgeschichte/delitz-
> scher-stadtchronik-1207-1990

finden Sie eine Menge Fakten.

Vielleicht weckt das Buch Ihr Interesse und Sie kommen nach Delitzsch im schönen Freistaat Sachsen, und seht euch die Sehenswürdigkeiten an, die in der Geschichte beschrieben werden. Der Stadtpark und der ortsansässige Tierpark laden zu einem Spaziergang ein.

Quellen
Wikipedia: Geschichte von Delitzsch

> https://stadtarchiv-delitzsch.de/in-
> dex.php/stadtgeschichte/delitzscher
> -stadtchronik-1207-1990/1607

Bilder von Mouayad Alsabbagh – einem herzlichen tollen jungen Mann aus Syrien